mujeres que se portan MAL

relatos por arlene carballo

Cuidado de la edición: Awilda Cáez
Asesora creativa: Tere Dávila
Diagramación y contraportada: Luis Montes
Fotografía de la portada: Shutterstock
Diseño de la portada: Tere Dávila
Fotografía de la autora: Legna A. Calderón

Impreso en Puerto Rico por Bibliográficas
Primera edición, octubre 2013

ISBN-10: 098991500X
ISBN-13: 978-0-9899150-0-7

Información de contacto:
arlenecarballo@hotmail.com

1046 Valles del Lago
Caguas, Puerto Rico 00725

Arlene Carballo

A mis hijas,
Rebecca e Isabel,
y a las hijas de todas,
para que sean protagonistas
de la historia.

Arlene Carballo

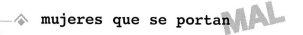

"Las mujeres que se portan bien no suelen hacer historia"

- Laurel Thatcher Ulrich -

MEMA

Arlene Carballo

Desde la cocina, Mema escuchó las voces de sus hijas, Eloísa y Sara, en plena discusión. El portazo fue el indicador de que el altercado había terminado. Mientras preparaba la cena de viernes santo, se dijo que la situación familiar no podía continuar así. Cada dos o tres meses se decía lo mismo y nada cambiaba en su hogar. Doña Inocencia —Mema, para sus hijas y nietos— era incapaz de poner límites a su familia y esa debilidad la llevó a permitir que sus dos hijas y sus cuatro nietos se mudaran a su casa.

La abuela se dijo que los problemas comenzaron cuando Sara vendió el apartamento, por culpa de los perros de Angelito. Sara había conseguido comprar la residencia de bajo costo por su condición de madre soltera con tres hijos. El condominio, que estaba subsidiado por el gobierno, fue su gran oportunidad de ser dueña de una propiedad.

Sin embargo —a los doce años y con la hipoteca salda—, Sara decidió que no podía seguir viviendo allí porque, pese a su céntrica localización, a la cercanía de la escuela pública y de la estación del tren, la prohibición de mascotas le era demasiado onerosa.

Angelito amaba a esos perritos que su madre le había comprado debajo del puente del expreso Las Américas por seiscientos dólares. Sara adquirió la parejita de pomeranians con el dinero que le pidió prestado a su mamá (y no le pagó) para complacer al nene que llevaba tantos años pidiendo un perrito. Los animales residieron con ellos como ilegales. A los tres meses, la perrita parió y el chillido de los cachorros recién nacidos los delató.

La abnegada madre de Angelito se rehusó a privar al jovencito de la compañía de sus canes y, sin reflexión alguna, vendió su única posesión para instalarse en casa de Mema donde ya vivían, por los últimos siete años, Eloísa y su hijo.

Desde el comienzo, lo convivencia en familia fue difícil. Angelito dormía con los perros en su cuarto y les mantenía el acondicionador de aire encendido durante el día para que no sufrieran de calor. El gasto de energía eléctrica se reflejó en la cuenta mensual y, de inmediato, comenzaron las batallas.

Mema optó por privarse del uso de la secadora de ropa para reducir el gasto. No obstante, Sara se resistió a tal sacrificio y continuaba utilizándola. Su madre, que jamás la confrontaba, prefirió remover el botón de accionar la secadora para impedir su uso. La otra recurrió a diseñar una estrategia para encender el equipo con un destornillador. La compra de víveres, el consumo de agua y el uso del auto de la abuela eran otras fuentes de conflicto.

En la cocina, doña Inocencia se cuestionaba las razones de tanto problema mientras desmenuzaba la penca de bacalao. No entendía el origen de sus dificultades si ella hacía todo lo posible por complacer a sus hijas y jamás les negaba pedido alguno.

Cuando Eloísa se antojó de casarse a los dieciséis años con un novio de la escuela superior, doña Inocencia, en contra de su marido, le consintió el capricho. Acogió a su hija y al nuevo esposo en su hogar sin imponer un plazo o una regla. Después de que la recién casada tuvo un varoncito, la abuela fungió como niñera para que la parejita pudiera salir y divertirse sin la carga de un niño. El matrimonio se disolvió a los pocos años de haber formado un hogar propio y en cuestión de unos meses, Eloísa retornó al hogar por no sentirse apta de criar sola a su hijo. La historia de Sara incluía tres embarazos de un hombre casado que llevaba años en espera del momento propicio para separarse de su esposa.

Fue cuando pelaba los guineos hervidos para la serenata de bacalao que Mema escuchó los golpes afuera. Su nieto, Angelito, la llamaba con urgencia. El alboroto alertó a Sara y ambas salieron para encontrar al joven desesperado por entrar. Lo perseguían unos maleantes a los que debía dinero. Luego de abrir los portones de la marquesina, la abuela vio cómo Sara abofeteaba a su hijo y se voceaban insultos que la avergonzaron ante sus vecinos. Intentó intervenir en la trifulca. Metió una mano para separarlos y recibió un empujón que la lanzó a rodar cuesta abajo hacia la calle. Ofuscados por la riña, los otros ni la miraron. Del golpe, Mema se fracturó la cadera y el intenso dolor le provocó un paro cardiaco. Los residentes de enfrente salieron a atenderla y llamaron a los servicios de emergencias médicas.

Durante cinco días, doña Inocencia agonizó en la unidad de cuidado intensivo, mientras en su casa se debatían a quien le tocaría cuidarla. Murió sin escuchar las excusas que se lanzaban sus hijas para no visitarla en el hospital.

Los arreglos funerales causaron más discordia en la familia pues Sara estaba enterada de que su madre tenía unos ahorritos separados para su entierro. Fue ahí que descubrió que su hermana los tomó, en calidad de préstamo, para ir a una entrevista de trabajo en Florida. No la contrataron, pero aprovechó y se llevó a su hijo para que visitara los parques de diversiones. De la aventura, retornó a los dos meses, luego de gastar todo el dinero.

Debido a que la familia carecía de los medios para enterrar a doña Inocencia como era su deseo, la cremaron en el lugar más económico. La única misa que se ofreció en su nombre la pagaron los vecinos con una recolecta. Allí, Eloísa y Sara lloraron hasta casi desfallecer de dolor ante la pérdida de su madre. Al final de la ceremonia, se disputaron quién llevaría las cenizas al hogar. Esa noche, otro conflicto surgió porque ambas deseaban poner la urna en su cuarto.

Al año, el banco ejecutó la casa por falta de pago. Las hijas de doña Inocencia abandonaron el hogar de su niñez con unas pocas pertenencias que acomodaron en el vehículo de Eloísa. El de la abuela lo dejaron estacionado en la marquesina; era un trasto inservible luego de que el motor se quemara por falta de mantenimiento.

La familia de Sara vive en un apartamento de alquiler muy pequeño, sin los perros. Allí, secan la ropa al sol y, por las noches, se refrescan con un abanico. Luego de perder el auto en otro choque, Eloísa se mudó cerca de una estación del tren.

Las hermanas ya no se hablan porque, durante la mudanza, no se sabe cuál de los nietos tumbó la urna de las cenizas y nadie quiso recogerlas.

ALGO MÁS QUE LOS HUESOS

En un principio no tenía gran significado, solo era una roca ovalada de superficie lisa y un atractivo color morado que les servía de diversión. Los hermanos correteaban por la casa arrebatándose la dura elipse una y otra vez. Ella lo dominaba con facilidad, se tiraba encima del otro, le escondía la piedra y corría gritando hasta caer debilitada por la risa. Él luchaba por vencerla, pero siempre fallaba. El juego terminó cuando tocaron a la puerta. Aisha se cubrió la cabeza con un manto, Kardal se asomó por la ventana de madera. Los chicos lo buscaban, era hora de irse.

—Dame la piedra —le dijo a su hermana.

—No la uses para eso, Kardal —le respondió ella, aconsejándolo.

Kardal estiró la mano, ella bajó la vista, decepcionada, y se la entregó. El niño salió para unirse al grupo. Corrieron desbandados hacia el final de la calle. Allí se llevaban a cabo los preparativos para la tarde.

Observaron por unos segundos a los que cavaban el hueco. El más pequeñín quiso participar, pero al agarrar una de las palas, de inmediato se la arrebataron con un regaño. Huyó hacia el grupo que celebró su picardía.

Los chiquillos de la villa corretearon por todas partes recolectando en carretillas las piedras que se necesitarían. Durante varias horas jugaron con las rocas: construyendo casas, haciendo tiro al blanco, balanceando unas sobre otras. Después, entusiasmados, escogieron para sí la más redonda o la que brillara un poco por su alto contenido mineral o la de la forma de animal; por si tenían la oportunidad de lanzársela a la mujer que el pueblo apedrearía esa tarde. Kardal mantenía la suya morada en el bolsillo.

Desde que fue condenada a muerte, la casa de Leila era custodiada para prevenir que huyera. Adentro, la mujer se despidió de sus hijas y de los pocos que todavía se asociaban con ella, y salió. Llevaba la cabeza descubierta, no hacía falta manto alguno, carente de virtud como estaba. Junto a los guardias, encabezó la procesión hacia la fosa; los seguía la polvareda de esa tierra estéril y el silencio que hacía que cada paso retumbara en un eco reproducido por los montes arcillosos que cobijaban la comunidad. Un sol, tan implacable como las gentes de esa región, les sofocaba aún entrada la tarde. La escena de la ejecución era desértica y pedregosa y estaba, adrede, alejada de la única calle por donde llegar al pueblo, porque este asunto, fuera de ser una vergüenza colectiva, era privado, los pobladores no querían testigos.

A unos pocos pasos del hoyo, estaba la línea blanca que demarcaba el límite hasta donde podían llegar los verdugos. Luego de que le amarraran las manos, para que no pudiera protegerse de los golpes, la enterraron hasta la cintura. El alcalde del pueblo leyó la sentencia, el Mulá justificó su castigo y el pueblo procedió con la ejecución.

Kardal regresó a la casa al anochecer. Aisha lo esperaba. Lo acompañó a la mesa y le sacó un plato de comida.

—No tengo hambre —le dijo el niño. Aisha no se sorprendió. Su hermano se veía decaído y cansado.

—Cuéntame, ¿Qué hicieron?

Kardal no habló. Aisha lo tomó del brazo y salió con él hacia el patio. Se recostaron en el nido de pencas donde jugaban a contar las estrellas. Ella decidió animarlo.

—Hoy las mías son las de este lado del monte Gereni —dijo Aisha—. Voy a escoger las que formen un conejo. ¡Ajá! ¿Ves a la izquierda la que parpadea? Esa está a la punta de una de las orejas, ¿y tú, qué vas a buscar? —el chico permanecía callado y con los ojos cerrados. Aisha dio un medio giro y se incorporó lo suficiente para recostarse del codo—. Kardal, dime, ¿qué pasó? —la ausencia de una respuesta, a pesar de sus insistentes preguntas, inspiraron compasión en la niña.

Se acercó a su hermano gemelo hasta rozarle el hombro y le tomó la mano con delicadeza. Se mantuvo oteando el cielo y mirando a Kardal de reojo, de vez en cuando.

—Ha... Había una línea blanca. Nadie podía cruzarla, a los lados estaban las carretillas llenas de rocas —dijo Kardal, después hizo un alto e inhaló profundo —. El primero fue Mosen —el jovencito cerró los ojos. Recordó ver al hombre titubear ante la imagen de su esposa enterrada—. Caminó a la carretilla con tanta lentitud que pensé que no llegaría nunca. Se veía viejo —Kardal hablaba en frases cortas y pausas largas—. Al llegar a la línea se demoró mucho en lanzar la piedra. Solo se movió cuando el mulá le puso la mano en el hombro. Mosen aulló como lobo de monte al hacer el tiro. Le dio en el brazo. Leila bajó la cabeza. Era el primer golpe que recibía y pensé en Yosef. ¿Qué sentiría al ver a su madre allí? Muchas veces cuando jugaba con él ella me dio limonada...

Aisha percibió la angustia en la voz de su hermano. Supo que luchaba por no llorar. A los once años ella era una señorita, pero él todavía no abandonaba la infancia. Esperó a que Kardal se compusiera.

—Mosen escogió otra piedra de la carretilla. Se la entregó al suegro. El viejo se puso a gritar pasajes del Corán:

"Alá perdona solo a quienes cometen el mal por ignorancia
y se arrepienten enseguida.
Que no espere perdón quien sigue obrando mal, ni tampoco
quienes mueren siendo infieles. A éstos les hemos preparado
un castigo doloroso".

—Después empezó a hablar mal de Leila. De su hija... —Kardal se expresaba con lentitud, como si cada detalle que rememoraba fuese físicamente doloroso—. Él sí le pegó con rabia. Arriba del pecho. Leila chilló. Su papá la hizo sufrir. A ella y a su madre que se desmayó entre la muchedumbre —su hermana escuchaba no solo su narración sino cómo los terribles eventos que había presenciado hacían que cada palabra que pronunciaba le pesara en la lengua—. Luego le tocó al hermano de Leila. Él también fue cruel con ella. La golpeó en el rostro. Le sacó sangre. La gente se alborotó. Los chicos de mi grupo se entusiasmaron y sacaron las piedras del bolsillo. Yo solo pensaba en Yosef. Si esa no fuera su madre estaría sentado en el muro con nosotros... —Kardal pensó en su amigo, su mejor amigo, y se mordió el puño para no llorar. No pudo hablar más.

Lo que no pudo contarle fue que Yosef no quería participar. Prefería quedarse con sus hermanas en la casa pero su padre no se lo permitió. Era obvio que aquel niño de doce años intentaba no llorar aunque su semblante sugería que podría vomitar en cualquier momento. Sus amigos lo observaban, los ancianos lo tenían rodeado y el padre se le acercaba para llevarlo a ajusticiar a su madre. Hubiera querido desfallecer para poder escapar, pero aun eso lo avergonzaba, ser débil era cosa de niños y él se encontraba en el umbral de la hombría. Ya comprendía el significado de la palabra adúltera y en su mente se debatían las enseñanzas religiosas, las costumbres sociales y el amor a su madre. Yosef caminó con su padre hasta la frontera de su infancia. Leila lo miraba compadecida de la dura prueba que enfrentaba su primogénito. Conocía sus sentimientos y la disputa que bullía en su interior. Lo perdonó con la mirada y bajó la vista. El chico consideró fallar, pero ello solo prolongaría el sufrimiento de ambos. Tomó la roca en su mano, afinó la vista y controló su fuerza. El tiro fue suficiente para llegar al brazo de Leila, pero no para lastimarla mucho. Ella derramó la primera lágrima por el dolor causado a su hijo. Yosef se retiró con rapidez para que nadie viera los primeros hipos de un llanto que se apoderaba de él.

Leila llevaba treinta minutos enterrada viva.

Luego de que la apedreara su amante, cuyo castigo era una multa, comenzó el frenesí de la turba. A medida que progresaba la tortura, el cuerpo de Leila se cubría de hematomas. Las pedradas repetidas en la cabeza la tenían desorientada. Apenas veía, pues el ojo derecho estaba inflamado y la sangre de las heridas de la frente empañaba la visión del otro. Su túnica azul clara, se teñía de rojo oscuro. Ya la uña de una mano estaba destrozada y su torso se contorsionaba en un vaivén que respondía a los impactos de los golpes y a las convulsiones de sus gemidos.

Los niños aprovecharon la gritería del pueblo para integrarse al rito. Kardal se sintió asqueado por lo que veía. Fingió un par de tiros y se alejó del grupo con la excusa de necesitar unas piedras más grandes. Los otros mantuvieron su atención en la escena. El primer chico que acertó en golpear a la pecadora recibió los vítores de sus compañeros. Luego intentaron afinar el tiro a ver quién podía pegarle en la oreja. De lado y lado se retaban con señas y apuestas. Omar fue el afortunado ganador de tres cigarrillos. Otro ganó diez al asestarle un golpe en la nariz. Transcurrió un cuarto de hora y como ya la adúltera no chillaba con los golpes, apenas si sollozaba, los niños se aburrieron y decidieron irse a jugar balompié.

Leila falleció al atardecer. Su cuerpo era un amasijo de carne ensangrentada que permanecía erecto, aunque inclinado para un lado, porque los huesos no se habían quebrado. Las salpicaduras de su sangre se extendían a su alrededor y varios pies hacia atrás. El área estaba abandonada. Mosen había prohibido que la enterraran, para que se la comieran los insectos, las aves y los perros.

Los niños no volvieron a ver a Kardal esa tarde. Se había escondido en el lugar secreto que compartía con Yosef. Era la manera de sentirse cerca de su amigo y de poder llorar sin preocupación de que le vieran.

Resolvió regresar a su casa cuando se halló más calmado. Sin embargo, las preguntas de su hermana, los silencios con que adivinaba sus sentimientos y la dulzura de sus manos exacerbaron de nuevo las sensaciones de la tarde. Lo único que pudo hacer para calmarle las dudas que nacían del temor a lo peor fue buscar en su bolsillo y mostrarle la piedra morada.

Su hermana lo abrazó, aliviada.

—Gracias, gracias, Kardal. Sabía que eras distinto.

Esa noche, el viudo, aunque agotado, por fin durmió tranquilo. Resolvió casarse de nuevo. Junto a su catre yacía su hijo Yosef, cuyo semblante estaba hinchado y rojizo. A sus hijas las envió a vivir con su abuela.

El mulá hizo sus oraciones y reposó tras cumplir con las leyes de Alá.

El alcalde constató que su autoridad se afianzaba; en el cuarto, insistió en copular con su esposa, a pesar de que menstruaba. A diferencia de otras ocasiones, ella no se atrevió a rehusarlo.

Zahra, la bella, sintió, más intensa que nunca, la mirada celosa de su esposo mientras ella le servía los alimentos a sus yernos. Zahra se cuidó de levantar los ojos, de conversar en la mesa y ocultó su sonrisa.

La esposa de Radín, que aun lo despreciaba por su infidelidad con Leila, lo escuchó amenazarla si no cumplía sus obligaciones.

En casa de Nafis, su hijo mayor arrojó la comida al piso. No era lo que le apetecía esa tarde. Advirtió su poder frente a la mujer. Su madre se inclinó, en silencio, a recoger la comida del suelo mientras escuchaba a su hijo advertirle que él era el hombre de la casa, el que trabajaba y que si no lo atendían a su gusto, la expulsaría de la casa y a ver quién la iba a mantener. A los pocos días, ya nadie hablaba de Leila.

Yosef regresó a la fosa. De su madre solo quedaban los huesos y algo minúsculo en la memoria de cada cual.

Pasaron décadas antes de que aquel pueblito a la falda del monte Gereni adquiriera fama por ser la cuna del mulá que dictaba la jurisprudencia islámica en toda la región. Lo llamaban el *Comandante de la fe* y muchos pensaban que sería el próximo ayatolá.

De barba larga, enjuto y mirada escrutadora, lo caracterizaban el celo por la fe y la piedra morada y lisa con la que iniciaba cada rito de lapidación.

LA VEJEZ

Arlene Carballo

La evité con ejercicios, dietas, cirugías e inyecciones.

Le rehuí tanto que cuando por fin toqué a su puerta, no me admitió.

MECHITA GANA UNA

La ramera percibió el orgasmo del hombre, se zafó del cuerpo y se fue a vestir. Era una de esas mujeres que le gustan a los hombres: con mucha teta, mucho culo, pero sobre todo mucha disposición.

Mechita lo escuchó pedirle una ñapa, pero se negó; otros clientes la esperaban. Fue cuando quiso cobrarle por el servicio que él se identificó como un policía. Ella intentó evitar el arresto al ofrecerle la denegada faena oral, pero ya era tarde.

—Venía a arrestarte de todas maneras, pero no pude resistir darme una gozaíta contigo...

Al llegar al cuartel de la policía, el semblante victorioso del oficial Hermenegildo Esquilado anticipaba la fama que le proveería ese arresto. Mercedes Montijo (Mechita cuando habitaba aquel otro mundo) era una artista desempleada de mediocres habilidades pero con suficiente factor de reconocimiento para que la prensa amarillista de la región se allegara hasta la comandancia a indagar sobre su notorio cambio de profesión.

Aunque llegó con más ropas que cuando animaba el programa *De aquí a Piñones*, la primera finalista del certamen de belleza Miss Guayama e intérprete del sencillo *Arañándote el pecho* llamó la atención de inmediato por lucir una espesa melena pelirroja, una minifalda estampada en imitación de piel de leopardo y una entallada blusa de cuero cuyos botones de presión se aferraban a la tela para contener unos magníficos senos tatuados con pequeñas rosas. Emisarios de la prensa farandulera ya rondaban el lugar, deseosos de una declaración y de fotos del fichaje de la olvidada actriz que de inmediato se transformaba en la etiqueta más accedida de los medios cibernéticos.

Ella pudo haber solicitado su representación legal, pero lo que buscaba era venganza por el abuso de otro agente más, por haberle informado a la prensa de su arresto y por la fanfarronería con la que Esquilado se conducía.

En la recepción firmó el relevo con dificultad y pidió asistencia para escribir su declaración.

—Tengo la mano lastimada —dijo, al levantar el brazo izquierdo.

De inmediato, se levantó el oficial Tunante para tomarle el dictado y la dirigió a un cuartucho desolado. Luego de sentarse en lados opuestos de la única mesa, ella comenzó su narración.

—Mi nombre es Mercedes Montijo pero en el club me dicen Mechita. Yo estaba en la barra cuando me di cuenta de que había este hombre bebiendo solo en la esquina. Me le acerqué y le pregunté su nombre, me dijo que le decían Gildo —Tunante levantó la vista extrañado ante el mote que jamás había escuchado—. Tú sabes, de Hermenegildo. A mí también me estuvo raro lo del nombre pero luego me enteré que fue por un dildo que le encontraron en la patrulla —el transcriptor abrió los ojos, perturbado, pero vio que la mujer asentía y lo animaba a continuar escribiendo —. Él bebía vodka y me ofreció un trago. Me habló un rato de su mujer, que no podían tener hijos por culpa de él y que eso tenía a la esposa bien triste. Era uno de esos tipos con mala suerte. El hermano se le casó con su primera novia y... —Mechita se acercó al copista por unos segundos y le susurró tapándose la boca con la mano y rozándole el cachete— yo creo que todavía está enamorado de ella, pero ahora es su cuñada y eso complica las cosas —luego se recostó del espaldar de la silla otra vez—. ¿Qué le puedo decir? Me dio pena y lo invité al cuarto. Creo que lo cogí por sorpresa porque hasta le dio pachó. Se puso tan colorao... parecía un nene de quince en su primera vez —el escribidor sonrió—. Me le senté en la falda y ahí fue que me di cuenta que no sentí nada debajo. El hombre no se había... inspirado —al decir esto gesticuló hacia el área púbica— y eso no pasa nunca, por lo menos a mí no —el redactor se rió para sí y miró hacia la puerta preguntándose en qué rayos estaba pensando Esquilado cuando decidió arrestar a la deliciosa Mechita—. Me imaginé que eran los nervios, pero eso no es problema. Modestia aparte, tengo el equipo para atender esa y otras situaciones más serias —le dijo, encorvando los hombros y todo su torso hacia delante para lucirle el busto terso e invulnerable a la fuerza de gravedad—. Me quité la camisa, le llevé las manos a mi pecho y poquito a poco hice que sus dedos sintieran mi piel. Le vi los ojos entusiasmados, sus manos por fin tomaron la iniciativa y me quitó la falda. Aproveché para tocarlo pero nada había cambiado —la voz de Mechita expresaba decepción y alarma, al igual que el rostro de Tunante—, la carne en su pantalón seguía igual de monga que cuando salimos de la barra. La cosa ya estaba cansona y, como dije, yo estoy acostumbrada a que los ancianos se sientan de quince conmigo, por eso fue que le quité la ropa. Me dio un poco de repelillo cuando vi un lunar grande que tiene ahí cerquita pero se me olvidó enseguida porque lo que encontré daba pena, era algo tan encogido que casi ni se le veía. Pero yo no me quito, acepté el reto y decidí animarlo primero con la mano. A los diez minutos me di cuenta que eso solo lo remediaba con saliva y me dediqué a revivir aquel cadáver porque ya era cosa de orgullo personal, pero ¿me puede creer que no pude? Cuando me levanté hasta me dolían los cachetes. Fue ahí que me di cuenta de por qué la esposa no puede tener hijos y por qué la novia se le fue con el hermano y me dio tanta rabia que por eso fue que le pedí el dinero. Porque si él sabía que no podía, para qué me hizo esforzarme tanto. Así que ahí lo tiene. Yo le pedí dinero pero en realidad no pasó nada porque él no pudo, así que, no entiendo ni por qué me arrestó. El delito es si se paga por el sexo, pero yo no le pedí dinero por eso y además, ni me pagó, ni hubo sexo.

—¿Esa es toda su declaración?— preguntó el oficial Tunante.

—Sí.

—Pues, fírmela —Mercedes agarró el bolígrafo con la mano derecha y escribió sin molestia alguna.

—¿Se la va a enseñar a Gildo? Yo creo que él la debería ver antes de que la radique. Estoy segura de que se lo agradecería, ah, y ahora sí quiero a mi abogada, este es el número —al agente le disgustó la actitud de la mujer y la manera familiar con que trataba al agente Esquilado pero procedió a llevarle la declaración a Hermenegildo de todas maneras.

—Esquilado, aquí está la declaración de Mechita, ahora pidió la presencia de su abogada —Hermenegildo reía, vacilando entre sus amigos que debería hacer un calendario posando de superpolicía por la distinción de haber pillado en su doble vida a la mantenedora del cancelado programa radial

La morcilla mañanera.

—Pues, llámale a la abogada, la va a necesitar cuando tenga que salir a bregar con esa jauría de periodistas.

—Y la querella, ¿la radicas tú?

—Seguro, y después a salir como quien no quiere la cosa para que me atosiguen de preguntas... una pena que no se puede contar todo, ¿verdad? —chocó las palmas de varios compañeros y salió camino al despacho.

El oficial Esquilado solo había leído unas cuantas oraciones cuando se detuvo en seco. Ojeó con rapidez, luego leyó con atención. Su semblante manifestó extrañeza, luego protesta y al cabo una furia que lo llevó de inmediato al cuarto donde se hallaba Mechita.

Cuando llegó la licenciada Nilda Luz Reyes a representar a su clienta la encontró con el pómulo hinchado por la bofetada que le había propinado Hermenegildo y con la cabeza sangrando por un golpe que se había auto infligido para asegurarse de tener suficiente evidencia para la demanda por violación de derechos civiles.

Mercedes Montijo salió del cuartel acompañada de su abogada. La versión de los hechos incluyó una fuerte denuncia contra la brutalidad policiaca y algunos datos sobre la nueva obra de teatro que la actriz ensayaba al momento del arresto y en la cual encarnaba a la madama de una casa de prostitución.

La demanda se tranzó fuera de corte. El montaje de "Monólogos de una meretriz curandera de impotentes" auspiciado por el agente Esquilado fue un éxito.

LAS HUELLAS DE UNA VIDA

Libro de condolencias colocado en la Capilla E de la Funeraria Escardille

12 de mayo de 2010

Carlos y M arielena Colón

Gertrudis Piñeiro

Familia Higueros Martínez

Doña Millie

Su abuelo fue un médico excelente y un mejor ser humano. En nuestro momento de necesidad cuando se nos enfermó Junito él nos atendió sin cobrar, consiguió que hospitalizaran al nene aunque no teníamos ni plan medico y también hizo los arreglos para los tratamientos. Al final, cuando ya Junito no podía más, lo acompañó en su lecho de muerte. No existen palabras suficientes para agradecerle todo lo que hizo por unos desconocidos de la Península de Cantera. Ese hombre fue un santo y tenemos que decirlo cada vez que haya oportunidad

Gracias
Familia Casillas Reguero

• Lissette Colón Avilés [lizziecol@yahoo.com]
A mperezgonzalez@capcpa.net
Fecha: 14 de mayo de 2010

Querida Millie:

Me acabo de enterar de la muerte de don Geño. Chica, me da mucha pena. ¿Cómo estás?

Es poco lo que se puede decir en un momento como este que sirva de consuelo, pero guarda esto en tu corazón:

Ese abuelo postizo te amó como si llevaras su sangre y fue el destino el que los llevó a que se encontraran cuando estaban solos.

Solamente una persona tan generosa y humana como él podría haber hecho ese gesto de acogerte en su hogar como a "su gatita" y solo una niña tan brillante, valiente y con tanta iniciativa como tú pudo haberse decidido a dejar aquella vida de miseria y abandono. Merecían convertirse en una familia por ser buenos. Duerme tranquila que le diste felicidad.

Cariños,
Lizzie

• Milagros Pérez González [mperezgonzalez@capcpa.net]
A lizziecol@yahoo.com
Fecha: 15 de mayo de 2010

Querida Lizzie:

Gracias por escribirme ese mensaje. Me hiciste llorar, pero de alegría. ¡Qué bueno que lo conociste tan bien! Oír hablar de él me consuela.

Me he quedado a dormir estos 2 últimos días en la casita de Barrio Obrero para sentirlo más cerca de mí. He repasado todos los álbumes que coleccionó para ver nuestras fotos desde cuando me mudé. Son casi 20 álbumes, uno por año.

Me ha dado por pensar qué hubiera sido de mí si él no me hubiese recogido. De seguro que habría terminado en la calle, como Mai, o peor.

Le debo la vida que tengo, Lizzie, ¿tú sabes lo que es eso?

Eso no se paga con dinero...

Y dando un 180, no te llamo porque el cambio de hora está mortal para comunicarnos. El día que me amanezca trato por *skype* para que me cuentes de Tokyo y de tu vida de superejecutiva.

-_- ¡Grrr! Tengo un montón de papelería que resolver porque en este país hasta morirse es un pugilato.

Te quiero, amiguita,
Millie

Tarjeta de pésame enviada a Milagros Pérez González

Colegio de Contadores Públicos Autorizados de Puerto Rico

16 de mayo de 2010

Querida Millie :

Es con gran pesar que te expresamos nuestras sinceras condolencias por el fallecimiento de tu querido abuelo Geño. Don Fulgencio fue un trabajador incansable y entusiasta. Su particípóación en nuestras convenciones siempre le impartió alegría y unidad familiar a las actividades.

En agradecimiento a sus aportaciones y en reconocimiento de sus destrezas de gran dominero, la junta de directores ha decidido que el torneo anual de dominó que él fundó llevará el nombre de :

Torneo Dr. Fulgencio Tronador Arquedilla

RSelestiaga
Rodrigo Selestiaga , Presidente

• Norma Cisneros [normacisneros@prtc.net]
A sheilacisneros@aol.com
Fecha: 17 de mayo de 2010

Querida Sheila:

¿Cómo está todo por allá? Me salió el disco al llamarte por teléfono. No puedo creer que ese aparato siga dañado. Los empleados de esa empresa son unos incompetentes. Deberías cambiarte de compañía.

Te escribo porque se murió don Geño, el papá de Luchi. En el periódico publicaron muchísimas esquelas. Por favor, envíale tu pésame a la familia en cuanto puedas y dile a las muchachas que me apena mucho su pérdida.

Te quiere,
Mamá

• Sheila Cisneros [sheilacisneros@aol.com]
A normacisneros@prtc.net
Fecha: 18 de mayo de 2010

Querida Mamá:

Por acá todo bien, aunque, como lo notaste, sigo jorobada sin teléfono.

Gracias por avisarme lo de don Geño, pero estás loca si piensas que le voy a dar el pésame a alguien por la muerte de ese abusador. ¡Enhorabuena que estiró la pata!

Me imagino que si han puesto muchas esquelas, las habrá pagado él de antemano, porque dudo que alguien se entristezca

por su fallecimiento. Le desgració la vida a muchos, empezando por sus hijos. ¡Créeme que pena no me da ninguna!
Voy a escribirle a Luchi.

Besos,
Sheila

_____

• Sheila Cisneros [sheilacisneros@aol.com]
A lucreciatronador@yahoo.com
Fecha: 18 de mayo de 2010

Querida Luchi:

Mami me dijo que se murió tu papá. No sé qué decirte, ¿Lo siento?

¿Qué van a hacer? ¿Van a viajar para el funeral? ¿Cómo está Doña Celeste? ¿Doli y Romi?

Miles de recuerdos me alborotan la cabeza… pero no quiero mortificarte.
¿Qué piensas?
Me voy al trabajo, cuídate.

Te estoy abrazando a la distancia,

Sheila

• Lucrecia Tronador [lucreciatronador@yahoo.com]
A sheilacisneros@aol.com

Fecha: 18 de mayo de 2010

Querida Sheila:

Gracias por recordarte de mí en estos momentos.

Yo tampoco sé qué decirte, ni qué siento. Pasaron tantos años sin saber de Papi. Son más de 20. De verlo, no sé si lo hubiera reconocido.

Mami está tranquila, he hablado varias veces con ella. Con Doli casi no me comunico, tú sabes que el tipo ese le controla el teléfono, la computadora, la vida… Es muy triste hablar con ella, se pasa excusándolo y ya yo no tengo paciencia para eso. Es como volver al pasado…

Romi está viviendo solo otra vez, Ana lo botó de la casa por vez número 100. Ella tiene razón en todo, no la culpo, el pobre Romi sigue los mismos pasos de Papi. Le hacen falta como 10 años de terapia siquiátrica para convertirlo en un ser tolerable, al menos.

Gracias por ser tan cuidadosa sobre los recuerdos, pero siento que superé todo eso.

No creo que vaya a ir al funeral, al entierro, ni a nada. No gastaría dinero para verlo vivo… y muerto, ¿Para qué?

Hoy, en especial, te agradezco tu amistad solidaria.

Te quiero mucho, mucho,

Luchi

• Norma Cisneros [normacisneros@prtc.net]
A sheilacisneros@aol.com
Fecha: 19 de mayo de 2010

Solo una oración para decirte que no puedo creer que me hayas escrito que te alegras de la muerte de don Geño. ¡Qué falta de caridad!

De tu madre, que te crió mejor que eso...

_____

• Sheila Cisneros [sheilacisneros@aol.com]
A normacisneros@prtc.net
Fecha: 19 de mayo de 2010
Mami:

Sé que no debo alegrarme. Lo que pasa es que siempre sucede lo mismo. Un bandido como ese se muere y la gente se olvida de todo y se deshacen en *aybenditos*.

¿No te recuerdas de las griterías en la calle? ¿Los insultos frente a todos los vecinos? ¿Te olvidas de las veces que Luchi y Doli se refugiaron en casa por culpa de don Geño? Me parece que fue ayer cuando abrazaba a Luchi mientras temblaba y lloraba sin parar.

A veces no recordamos esas cosas, o preferimos olvidarlas, pero los hijos no se olvidan de eso nunca. En las terapias de grupo de Luchi me di cuenta que ella vivía con eso todos los días.

El daño que ese sinvergüenza le hizo a sus hijos es de por vida y a mí no me da la gana de olvidarme de eso.

De tu hija Sheila, a quien criaste muy bien.

◆

• Lucrecia Tronador [lucreciatronador@yahoo.com]
A adolfinatronador@aol.com; romualdotronador@hotmail.com
Fecha: 29 de mayo de 2010

Queridos Doli y Romi:

¿Cómo están? ¿Y los nenes? A Carolina y a Delfincito les envío doble beso de su tía y madrina.

Se comunicó conmigo Millie Pérez González porque ella tiene los documentos legales de Papi y quiere saber si vamos a presenciar la lectura del testamento. Yo, por supuesto, no tengo nada que buscar por allá, así que no voy. Ustedes tienen que decidir si van a viajar o si quieren que alguien represente sus intereses. Le voy a enviar un mensaje a la tal Millie para que sepa que no intereso tener parte alguna en el proceso y si hay alguna herencia, la voy a repudiar. Yo no quiero nada de él.

La dirección de ella es mperezgonzalez@capcpa.net. Escríbanle, que si no, me imagino que va a seguir chavándome a mí.

Cuídense,

Luchi

--SEGUNDO: El testador contrajo su único matrimonio con Doña Celeste Timorato De Resuello, conocida también como Doña Celeste Timorato de Tronador, en Moca, Puerto Rico, el primero (1ro) de febrero de mil novecientos cincuenta y cuatro (1954).---

--En su matrimonio procreó a sus únicos tres (3) hijos, cuyos nombres son los siguientes: ---------------------------------------

--Lucrecia Tronador Timorato ------------------------------------

--Adolfina Tronador Timorato ------------------------------------

--Romualdo Tronador Timorato------------------------------------

--Declara el testador que no ha procreado ningún otro hijo ni los tiene por adopción.---

--Se divorció de su mencionada esposa el primero (1ro) de febrero de mil novecientos ochenta y cuatro (1984) por la causal de trato cruel en Moca, Puerto Rico. Adjunto sentencia DDI1984-0172, al respecto---

--TERCERO: Declara que todos sus bienes son privativos------

--CUARTO: El testador instituye herederos universales, en partes iguales, a sus tres (3) hijos, cuyos nombres ha consignado en la cláusula SEGUNDA anterior, en el tercio de legítima estricta y en el tercio de mejora.-------------------------------------

--QUINTO: En el tercio de libre disposición instituye como sola y única heredera a Milagros Pérez González, mayor de edad, soltera y vecina de San Juan, Puerto Rico. En este inciso el testador expresa y declara lo siguiente:-------------------------

A Luchi, Doli y Romi deseo explicarles por qué incluyo en este testamento a Millie ---

--En 1985, después de divorciarme de su madre, mi vida se desordenó aun más y terminé perdiendo mi licencia de médico. No voy a explicarles los pormenores, baste decirles que fue una situación desafortunada, pero no negligente. Sin familia, ni profesión, estuve perdido casi dos años. Por fortuna, encontré unos amigos de mi juventud que vivían en Barrio Obrero. Me integré a sus actividades de retirados, me mudé para allá y poco a poco fui rehaciendo mi vida. Seguí practicando mi vocación, la medicina, pero haciendo naturopatía. Mi vida era compartir con mis amigos, jugar dominó y beber, no puedo negarlo. Creo que ni lo sabía, pero yo vivía por vivir, amargado, arrepentido de mi vida y atribulado en mi soledad. Un día se me apareció una niña en el balcón. Comenzó a conversarme y, a pesar de mi apatía y legítimo deseo de que se fuera, se quedó allí. Me conversó un rato, al cabo se fue. Sin embargo al otro día volvió, después de la escuela. Sus pláticas se convirtieron en una rutina. A veces me entretenía, otras me sentía disgustado por su charla incesante. Pero ella no se amilanó y, poco a poco, fue acostumbrándome a su presencia, hasta que ya no me molestaba. (¿Recuerdan cuando les leía el libro El Principito? Creo que ella me domesticó). Por su conversación, fui conociéndola. Tenía 9 años y sus padres eran drogadictos. A su corta edad, era responsable de muchas cosas. Tenía una inteligencia excepcional, una simpatía contagiosa y grandes deseos de salir de la vida que le había tocado. Me recordó mucho mi niñez en Bonao y mis propios deseos de llegar a ser alguien, de salir del platanal. Me identifiqué con sus sueños y con su perseverancia. Pienso que un día miró a su alrededor, me vio con las manos vacías y decidió que yo podía cuidar de ella. Se instaló en mi vida como un gatito realengo. Millie comenzó a extender sus estadías conmigo hasta que decidí prepararle un cuartito. A los 11 se mudó. Lo más sorprendente fue que sus padres nunca la procuraron. Presumo que estaban aliviados de no tener que preocuparse por la nena. Hasta entonces, yo me había dejado llevar por la rutina de tener a alguien en casa, pero sin compromiso ninguno. Todo eso cambió un 23 de junio. Ese día me fui con unos amigos a celebrar la noche de San Juan. Llegué tan borracho que me caí en el balcón y me corté la cara. Ni lo sentí. Estuve durmiendo en el piso, en medio del charco de sangre, hasta que me despertó el llanto de Millie que creía que yo me había muerto. Ese fue el último día que bebí. El dolor que le causé a esa niña cuyo único refugio era un hombre vacío, lleno de remordimientos y rabia, me hizo recapacitar. Mi corazón se había olvidado de latir hacía tantos años… Comencé a comportarme como un padre, a ser responsable. Comprendí que tenía la oportunidad de emular al Dr. Romualdo Cesarino, no sólo con la ayuda económica que me dio para que yo ingresara a la Escuela de Medicina de Guadalajara, sino por el estímulo que sembró en mí, que fue como un espaldarazo de confianza. Estuve pendiente de Millie hasta que se graduó con honores del Colegio Santa Ana. Luego, estudió becada en la universidad los cuatro años. Se convirtió en una profesional destacada y yo en su orgulloso abuelo. Esa niña me regresó a la vida, al amor y me transformó en un ser humano. Estoy convencido de que el bien que nos hacen es reciclable. Si tan sólo supiera cómo reparar las ofensas que les hice a ustedes… moriría en paz. En fin, quería que conocieran los motivos de incluirla en este testamento. Quiero dejarle algo de mí, porque también es mi familia.-------------------------------------

--SEXTO: Designa albacea a Millie Pérez González, relevándola de la prestación de fianza.

_____

• Lissette Colón Avilés [lizziecol@yahoo.com]
A mperezgonzalez@capcpa.net
Fecha: 27 de junio de 2010

Querida Millie:

Me quedé pasmada cuando leí tu último correo. Me da mucha pena que estés pasando por este rollo. Lo único que me viene a la mente es que los seres humanos somos mucha gente en un solo cuerpo. A veces actuamos bien, otras mal y, en alguna circunstancias, pues muy mal. De lo que me dices, es obvio que don Geño tuvo una vida muy distinta antes de que lo conocieras.

No te debes sentir culpable, esto no dice nada de ti porque tú no lo sabías (y jamás hubieras condonado un comportamiento así), además, resulta que él no ha dejado de ser la persona que fue contigo porque hayas descubierto que tuvo una vida pasada llena de conflictos. Quizás por eso mismo nunca te lo contó, debe haberse sentido avergonzado.

Lo que me sorprende es la actitud de los hijos, especialmente la de la tal Lucrecia. O sea, ¿se entera de que su papá se murió, de que por los últimos 20 años vivió como un tipo superdecente y aun así no quiere saber de él? Esa incapacidad de perdonar me choca. Sigue los trámites como si nada que la hostilidad que tiene esa mujer no es contigo, de seguro que es con el mundo entero.

Dale tiempo y te vas a sentir mejor…

Lizzie

• Milagros Pérez González [mperezgonzalez@capcpa.net]
A lucreciatronador@yahoo.com
Fecha: 30 de junio de 2010

Estimada Lucrecia:

Me informaron que usted fungirá como representante de los hijos de don Fulgencio Tronador. Le dirijo esta carta en calidad de representante ya que él me designó albacea de su herencia.

Aunque es muy triste para mí, acepto el que ustedes hayan decidido repudiar su herencia.

¿Me permiten hacer una sugerencia?

Creo que podríamos juntar el caudal – las 2/3 partes de ustedes y el 1/3 mío – en un fideicomiso para los estudios de los nietos de don Fulgencio. Deseo donar mi parte.

Don Fulgencio me dio a mí, una desconocida, más de lo que cualquiera pudiera haber aspirado a recibir de un familiar.

Sólo quisiera honrar su legado.

Atentamente,

Millie Pérez González

• Lucrecia Tronador [lucreciatronador@yahoo.com]
A mperezgonzalez@capcpa.net
Fecha: 30 de junio de 2010

Estimada Milagros:

Nuestras experiencias fueron muy distintas. A mí no me dio ni la caridad que se le da a un extraño. Mis pesadillas consisten de mis recuerdos de infancia.

Compréndalo, usted tuvo al padre que yo nunca tuve.

Haga con el caudal lo que mejor crea, pero no me haga sufrir más.

Sin más sobre el particular,

Lucrecia Tronador

• Lissette Colón Avilés [lizziecol@yahoo.com]
A mperezgonzalez@capcpa.net
Fecha: 7 de julio de 2010
Millie

Estoy de prisa, pero quería comentarte lo de tu último mensaje.

Estoy en completo desacuerdo contigo: tener alguna ganancia económica de la muerte de don Geño no es lucrarse de la desgracia ajena.

Él te dejó una parte a conciencia, PORQUE ERES SU FAMILIA. De hecho, eres su única familia, por eso es que te tocó la herencia completa.

Entiendo que no quieras aceptarla, pero no por las excusas que pones sino porque
1 - no te hace falta
2 - por la gran carga emocional que representa y que tanto te perturba
Pero no puedes dejar la herencia en el limbo así, totalmente olvidada, hasta que se pierda y, para colmo, pagando impuestos. ¡Coño! De todo ese desastre tiene que salir algo bueno. Piensa, Millie.

L

_____

• Milagros Pérez González [mvperezgonzalez@capcpa.net]
A escapa@casajulia.org
Fecha: 25 de julio de 2010

Estimada Sra. Felícita Domínguez:

Llamé al albergue de mujeres Casa Protegida Julia de Burgos y me indicaron que usted era la persona con quien debía comunicarme.

Le escribo para poner a su disposición y **libre de costo** una casa de tres cuartos en el sector Esperanza de Barrio Obrero. Agua y luz, incluidas. Está disponible inmediatamente. Utilícela como mejor convenga pero, de ser posible, sería ideal si la habitaran una madre con sus hijos, víctimas de maltrato por un alcohólico.

La donación sería a nombre del Dr. Fulgencio Tronador Arquedilla.

Atentamente,

Milagros Pérez González, CPA

LA DEVOCIÓN DE CASTA

Arlene Carballo

Fue mientras trapeaba los pisos de doña Ana que Casta supo del columbario para don Luis, un lugar en la catedral donde se colocarían sus cenizas para que recibieran la misa diaria. El espacio tenía un costo de tres mil dólares, que doña Ana pagaría para que, con los rezos de los feligreses, su don Luis pudiera salir de manera expedita del purgatorio.

Al terminar los pisos, la sirvienta brilló la bandeja donde colocarían la urna plateada. Curiosa, miró el lujoso envase, más le parecía un cofre de alhajas que la última morada de don Luis. Al abrirla, se asustó y es que adentro ya estaba la bolsita con los restos polvosos del difunto.

Apesadumbrada, llegó a su casa donde la esperaban las cenizas de su hijo. Era él, más que nadie, quien estaba necesitado de rezos. Jamás cumplió mandamiento alguno y había muerto pecando contra el quinto. Casta miró con tristeza el envase de plástico azulado que contenía los restos de su desgraciado José. Esa noche rezó dos rosarios para aliviar la pesada carga de pecados que lo mantendrían estancado en el purgatorio por largos años.

El día de la misa de don Luis, la criada atendió visitas, sirvió café y trabajó de corrido hasta las cinco. A esa hora pidió permiso para asistir a la misa. Muchos rezaron ante la urna que fue rociada con agua bendita. Casta salió de la ceremonia conmovida y satisfecha.

Desde entonces, todas los días rezaba en el columbario de la catedral. Y para apaciguar su conciencia, todas las tardes al llegar a su casa se hincaba frente al envase de plástico azulado para rezarle un rosario a don Luis.

LA MUJER QUE SE REPITE

Arlene Carballo

Maripili llevaba varios minutos llorando en su cuna. Sus gritos, que taladraban acero, retumbaban por las paredes del estrecho apartamento. Pretendía, en vano, subir su pie por la baranda; le habían improvisado un techo a la cuna porque a sus nueve meses, ya intentaba escapar de ella. Bajo la ducha, Dayanara la escuchaba experimentando el tropel de sentimientos distintivos de sus dieciséis años.

—¡Ya voy, carajo! Estoy en el baño. ¡No llores más! — gritó, más para desahogarse que otra cosa.

Por lo regular era Yolandita, la abuela, quien atendía los reclamos hambrientos de la nieta, pero era sábado por la noche y se encontraba en la placita de Santurce disfrutando de un concierto de salsa con su nuevo amigo. Alternaban esta responsabilidad ella y la bisabuela, quien se hacía cargo de gran parte del cuido de la niña. Sin embargo, para desgracia de la biznieta, Mamamú estaba celebrando su cumpleaños número cincuenta. Maripili sólo podía contar con su madre para resolver sus necesidades.

Enrojecida y sudorosa, sus reclamos comenzaban a ceder al cansancio y la desesperanza. Al fin, llegó Dayanara con la botella de fórmula. Maripili levantó sus bracitos; al recibir la botella, le brindó una sonrisa a su madre.

—Ahora te ríes, coño...

Dayanara regresó al baño a revisar el resultado del tinte que se había aplicado. Mientras se secaba el pelo, fue acomodando la recién teñida pollina; su color platinado contrastaba con el rojizo artificial del resto de la cabellera. Durante varios minutos, intentó alisar el flequillo con el secador de mano. El pelo, sobreprocesado y maltratado, era una escoba de cerdas desgastadas. Frustrada, tiró el cepillo contra el cristal, para luego meterse a la ducha otra vez.

Maripili lloraba de nuevo, sin embargo, sus gritos en esta ocasión eran distintos, rayaban en la histeria. Había evacuado y la mezcla de orina y excremento herían su piel irritada por la laxitud de Dayanara en cambiarle los pañales a su hija. Cada minuto que pasaba, su epidermis se laceraba más hasta quedar expuesta la carne viva. Halándose el cabello, chocaba contra el falso techo y golpeaba las barras de la celda que la aprisionaban.

—Que mucho jode esta cabrona —dijo su madre, al tiempo que pateaba la cuna.

Aunque la sacó de su encierro, el llanto no cedía. Dayanara la sacudió, reclamándole: "Cállate ya, ¿qué tú te cree que tú eres la única?"

Removiéndole el pañal, limpió con una toallita húmeda el área genital de su hija. Los aullidos continuaban. Al ver las nalgas enrojecidas y los puntos de sangre, Dayanara se asustó. La condición de la piel de la infante se había deteriorado y Yolandita le reclamaría. La bañó y luego se entretuvo vistiéndola como si fuese una muñeca.

—¡Ay, perdóname! Que tú eres la pequeñita, la más preciosa. Vente, ¿qué le ponemos a la nena hoy? ¿Te visto igual que mamá? Canta con mamá. La linda manita que tiene la bebé… —. Dayanara se desvivía en atenciones y su hija le reciprocaba con ojos risueños.

Preparó el bulto de Maripili con varios pañales desechables. Tendría que cambiarla frecuentemente para propiciar que la erupción mejorara. La niña lucía un pantalón de mezclilla con un chaleco escotado en combinación.

—No te voy a poner la camisa de abajo, pa que te veas sexy, como yo —le dijo. Su peinado destacaba sus rizos oscuros adornados con varios lacitos azules—. ¡Quedaste exacta! Ahora me toca a mí, ¿oquei? Mira, te voy a poner lo muñequitos —la recostó en la almohada de su cama y se fue a arreglar al baño.

Maripili permaneció en la cama chupándose el dedo pulgar. Al cabo de un rato largo, se enzorró. Incorporándose con dificultad —quería apoyarse en sus manos para levantarse y continuar chupándose el dedo a la misma vez— comenzó a gatear hacia el borde de la cama hasta precipitarse de cabeza al suelo. Se escuchó el golpe seco en la losa. El grito agudo se demoró los segundos necesarios para que Maripili llenara sus pulmones de aire y pudiera superar el aturdimiento que le había causado el impacto.

El alarido hizo saltar a Dayanara. Salió corriendo del baño. Mientras recogía a su hija del piso, la auscultaba. El chichón crecía a cada segundo.

—Qué jodienda, chica, otro chichón. Yo espero que se te baje pa cuando lleguen Mai y Mamamú. No quiero que me griten por tu culpa.

Caminó con pereza a la nevera. Sacó un hielo y se lo puso directo en el golpe a su hija. Maripili que ya apenas sollozaba, comenzó a chillar nuevamente.

—El chichón necesita hielo así que no joda —dijo con frialdad y la enjauló en su cuna. Desde su cuarto la escuchaba llorar.

Al salir del baño, Dayanara llevaba una combinación de ropa similar a la de la niña. El cuerpo enjuto, delgadísimo desde el parto, parecía más el de una preadolescente. El rostro se lo había maquillado en colores tan fuertes que desentonaban con su cutis blanco. Sin conseguir el peinado que deseaba, al final optó por recogerse el pelo, pero aun así las puntas encrespadas le daban un aspecto desaliñado.

Caminaba hacia la sala cuando vio que Maripili se había deshecho el peinado.

—¡Pero no te comas los lazos! —le gritó al ver a la bebé con los adornos en la boca. Se los arrebató con rudeza, sin evitar rasparle el rostro—. ¡Pendeja!

De mala gana preparaba el coche de su hija, ojeándola con encono periódicamente.

—Vente —la levantó con brusquedad para luego soltarla en el coche.

Salió del apartamento 2D, "D de Dayanara" como le decía a sus amigos. Empujando el coche saludaba con la mano a vecinos del residencial de viviendas de beneficencia pública Nemesio Canales. Cruzó la avenida. Hasta la acera llegaba la intensa iluminación del colosal centro comercial Plaza Las Américas, el más grande de Puerto Rico. Atravesó el estacionamiento y luego de abordar el ascensor, llegó al segundo piso. Al abrirse las compuertas del elevador, Dayanara se sintió transportada a otro mundo.

La terraza era un hervidero de jóvenes. Sobresalían algunos grupos a lo ancho de la plazoleta. Dayanara los identificaba por sus distintivos. A la derecha, los góticos: de ropaje bruno, exhibían parafernalia sadomasoquista, maquillaje y manicura negra, capa oscura y tatuajes. Al fondo, los cacos: de pantalón ancho y embolsado, con gafas, gorra y joyería ostentosa y exagerada. A la izquierda, los *imo* (de **emo**tional): de pelo negro y estirado con plancha que les cubría parte del rostro, ropa oscura y ceñidísima, al cuello un collar de perro, ojos delineados de negro y en los brazos innumerables brazaletes. A la entrada casi tropezaba con las riquitillas: un grupo compuesto únicamente de chicas que lucían tacones altos, cabelleras largas y lacias, joyería fina o artesanal y vestiduras ajustadas de colores vivos.

Dayanara no pudo reconocer ningún rostro y se adentró en la plaza hasta arrimarse a los cacos. Los tacones altos de plástico que llevaba puestos resonaban como grillos al contacto con la losa. Recostada del mango del coche, se balanceaba de uno a otro pie, tratando de hacer contacto visual con alguien. Aunque estaba deseosa de vivir su juventud, de reírse y disfrutar como tantos a su alrededor, su incertidumbre y desarraigo eran evidentes.

Al rato de estar allí, Maripili comenzó a gimotear. Se llevaba los puños a los ojos, estregándolos, y bostezaba. Tenía la piel erizada y los pies, calzados con sandalias plásticas, estaban fríos y azulosos. Al principio eran sólo unos quejidos. Pero, a los dos o tres minutos, su llanto era exasperante.

Dayanara sintió varias miradas, por fin llamaba la atención, pero no de la manera que deseaba. Irritada, le dio a Maripili su teléfono móvil para que se entretuviera y dejara de llorar. La niña se distrajo por unos momentos. Estudió el artefacto, sacudiéndolo. Lo mordía, luego lo chupaba. Al cabo, lo lanzó contra el piso. El aparato se descompuso en varias piezas. La madre le pegó en la mano a su hija y, al recoger las piezas, volvió a pegarle, enfurecida. Maripili comenzó a llorar otra vez. Agitada, tiritando y somnolienta, trataba de escapar de las correas que la ataban al asiento. Daba cabezazos, rebelándose ante su impotencia. La adolescente, frustrada, sacudía el coche rítmicamente en un esfuerzo por tranquilizar a la niña. Desesperada por el llanto, compuso el teléfono y se lo entregó. El comportamiento de Maripili fue idéntico y al lanzar el artefacto al piso, se repitió la escena de la furia de la madre y el castigo a la pequeña.

Muchas personas miraron la escena, mortificadas. Varios adultos se sintieron indignados ante el abuso patente que presenciaban. Algunos incluso pensaron mediar, pero cejaron de su intención al intuir que inmiscuirse en algo así involucraba mucho más de lo que estaban dispuestos a hacer. Al final, nadie intervino para ayudar a la madre a salir de su ignorancia, ni ninguna persona se perturbó lo suficiente como para rescatar a Maripili de su cotidianidad.

Ambas niñas regresaron al apartamento.

Dayanara, fastidiada, desamarró del coche las piernitas llenas de pellizcos de su hija. Al echar a la criatura en su cuna, como a una bolsa de basura, ni la miró. Se fue a su cuarto a escuchar música y a ver televisión. No le cambió el pañal a la infanta, ni le dio alimento. No le importaba el regaño que recibiría. Encendió la música para olvidar el hastío.

Los chillidos de Maripili retumbaron en un eco que viajaba a través de los pasillos del edificio hasta desvanecerse.

***

Se acercaba el mediodía y una vez más los aullidos hambrientos de la niña del apartamento 2D escapaban por las rendijas de las puertas y las ventanas, avanzaban escalera arriba y escalera abajo tocando las puertas de los apartamentos del primer y tercer piso del edificio donde los vecinos ya ni reaccionaban ante lo habitual de esas sesiones de llanto.

Torcida sobre la cuna, la madre forzaba la cabeza de su hija a una posición horizontal. "¡Duérmete ya, chica!". Había intentado varias veces de satisfacer su hambre desesperada, pero era inútil. La bebé chupaba por unos segundos de la botella y de inmediato la rechazaba con un llanto de tal frustración que estremecía a cualquiera. Era que la pequeña no podía tragar el alimento. Los ácidos de su estómago le habían despellejado el esófago. Sorber la leche y quemársele la garganta, eran una misma cosa. El dolor era más fuerte que el hambre, pero solo por momentos. En cuanto olvidaba el ardor de la irritación digestiva, las punzadas del hambre la obligaban a reclamar alimento con la desesperación de quien se muere de inanición.

Frustrada ante la incapacidad de acallar a su hija, la joven, con su antebrazo, forzaba el cuerpecito esmirriado a permanecer acostado en un intento de que conciliara el sueño. La infante, sofocada, apenas podía sollozar. Pero cuando el brazo cesaba de aplastarla, los alaridos retornaban con más ahínco. Al cabo, desistió.

—Ya me cansé, grita lo que te dé la gana —refunfuñó la madre.

Trancó la puerta de su cuarto y encendió la computadora y el televisor. Se entretuvo conversando por teléfono y luego vio la novela de la una de la tarde. Escuchaba música para opacar los gritos de la cría por lo que no oyó el portazo. Sólo sintió el tirón de pelo y que le arrebataban los audífonos de los oídos, llevándose enredado un arete de su oreja. Al girar, su madre le propinó una cachetada que la tumbó de la cama.

—¿Qué carajo tú haces aquí encerrá? La nena está esgalillá hace rato.

—No hace tanto... —dijo y se encorvó para protegerse del golpe inminente. Acurrucada en el suelo, se frotó la oreja sangrienta en silencio.

—¿No hace tanto? La oigo gritando desde que cruzaba el palkin. ¿Le diste la leche?

—No la quiere...

—¿Cómo que no?

—Se pasa llorando y yo trato y trato pero no quiere la botella...

—Eso es por el reflujo, te lo dijo el médico. ¿Le diste la medicina? —no recibió respuesta. Al ver el paquete de plástico abierto encima de la cama, la mujer lo dedujo enseguida—. ¡¿Te compraste esta mierda con los chavos que te di pa la receta?! —gritó, agrediéndola con el empaque de los audífonos y con las manos. Colérica, miró a su alrededor—. ¿Dónde está Mai?

—Se fue con Mamamú al casino.

—¿Qué, qué? ¡Ahora viene y le gasta los chavos del

seguro social! Y yo no tengo con qué comprar la medicina de la nena —le pegó varias veces más a su hija, la rabia se apoderaba de ella—. ¡Maldita sea la madre que me parió, coño! —gritó, agitando los brazos hacia el techo.

Los alaridos atormentados de la criatura retumbaban por todo el apartamento. Dayanara, inhalando desesperada, se llevó las palmas de las manos a la sien para relajarse y empujó a su hija por la espalda.

—Vete, vete… Vete y saca a Maori, que eso gritos me vuelven loca… —le dijo.

Maripili, resignada, caminó hacia la cuna de su hija.

DÁDIVAS

Mediacara no bailaba, no jugaba al fútbol, ni al esconder. El tumor facial le impedía respirar bien y le obstruía la visión de un ojo.

Por la barriada se supo que regresaba del extranjero en donde una organización caritativa le había corregido su deformidad.

Descalzas, malnutridas y con la ropa raída, sus vecinitas la miraron con intensidad. No por su rostro transformado, sino porque lucía ropa nueva, sandalias de piel, audífonos y un *Ipod* en la mano.

Una de ellas deseó tanto esas cosas que agarró una botella rota para hacerse daño.

Desde entonces la llaman Caracortada. Ya no juega, ni sale con sus amigas y, en vano, espera a sus benefactores.

RETOÑAR

Aquella tarde, al cruzar por encima de la rama desgarrada del roble, lo vio todo distinto. Mucho le había estorbado aquel pedazo de árbol que llevaba varios días derribado sobre la acera. ¿Por qué no lo recogerán?, se decía. Sin embargo, en un solo instante, lo había comprendido. Estaba vivo; había perdido todas sus hojas, pero ese día tenía una flor.

Con la mirada baja, pero atenta, examinó sus alrededores. Segura que nadie la observaba, se inclinó con cautela y examinó la coyuntura entre rama y árbol. Aquel brazo abatido se aferraba a la vida. Julia se supo roble caído, pero de raíces profundas. Se palpó el pómulo amoratado mientras se esforzaba por ignorar el dolor del puño en la oreja. Acariciar el tronco del árbol, la alivió. De regreso del trabajo, encontró una segunda flor en la rama y de su boca brotó una sonrisa solidaria.

Por dos semanas, Julia y su roble se fueron vistiendo de primavera. Con cada capullo que veía nacer, Julia le regalaba un gesto de amor a su esposo, Pablo. Un semblante sereno era la respuesta a la palabra hosca, una caricia era el obsequio a la protesta necia, unas ramas reverdecidas lo acogían cada noche. Con dulzura, transformó su caótico hogar en un lugar de paz.

Canturreaba en la cocina cuando recibió el empujón por la espalda.

—¿Qué carajo te pasa a ti? ¿Qué te traes? —ella tornó su rostro apacible.

—Estoy tarareando la canción de nuestra bod... —el bofetón la cogió desprevenida.

—¡A mí no me vengas a coger de pendejo! Yo no soy ningún cabrón.

Julia huyó. Necesitaba abrazarse a su roble, alimentarse de su empeño por vivir, aprender a regalar flores aunque se esté deshecho.

Al llegar al lugar, sólo encontró unos pocos capullos marchitos y el rastro de astillas que dejaron los verdugos. Arrodillada en la acera, lloró por el árbol y por sí misma... por los años de esfuerzo para terminar quebrantada y sangrando savia por la boca.

Vacía, enjugó sus lágrimas con los dedos resecos de afecto. Del suelo se incorporó, poco a poco. Primero se apoyó en sus manos e impulsó su cuerpo aun encorvado sobre una rodilla. Contrajo con gran esfuerzo sus músculos hasta equilibrarse en sus pies. Luego su torso se creció al punto de terminar erguida. Levantó el mentón y empinó el pecho. Con lentitud deliberada, observó su entorno, el cielo y, al final, escudriñó el horizonte. Tomó un primer paso, luego otro y, con rapidez, otros más, casi al trote.

Se llevó sus hijos y se fue lejos. A sembrar una nueva Julia, a un lugar donde no cortaran las ramas que florecen.

UN GESTO DE AMOR

Arlene Carballo ◈

—Pero Torres...

—Si me vas a venir con la cantaleta de que te aburres en las fiestas mejor no vengas. Total, con lo gorda que estás me vendría bien pasar un rato solo. De seguro que me levanto una nena de lo más linda... —le dijo Torres y aparcó el automóvil.

Leticia y Torres cruzaron la pista de baile y se acercaron a la mesa donde se hallaban otras dos parejas de amistades. El hombre saludó a las mujeres con un beso, a los hombres con un apretón de manos y, luego de charlar unos minutos, se fue a la barra.

Leticia se integró a la conversación hasta que al poco rato se quedó sola en la mesa. A su alrededor la mayoría bailaba o reía en pequeños grupos. Aglomerados alrededor del mostrador de bebidas, varios hombres hacían chistes picantes, Torres sobresalía entre ellos por su vozarrón y su barriga voluminosa.

Leticia hubiera querido bailar en la pista siquiera una pieza, pero ya sabía que su novio iba a las fiestas a compartir con sus amigos y a darse tragos.

Admiraba a una parejita que bailaba un bolero mirándose a los ojos cuando se le acercó un hombre para invitarla a bailar. Leticia se sonrojó de inmediato, miró a la barra con susto y luego negó con la cabeza. El sujeto le conversó por unos segundos cuando por la espalda lo asaltó Torres y le propinó varios golpes en el rostro antes de que sus amigos lo controlaran.

Torres continuaba agitado, increpándolo con reclamos de que la mujer ajena se respeta antes de regresar a la barra escoltado por sus amigos que trataban de apaciguarlo.

Leticia volvió a sentarse en la mesa. Permaneció cabizbaja y sonreída por el resto de la noche.

EL DEDO PODEROSO
DE LA MUJER AFGANA

Arlene Carballo

The sound of green footsteps is the rain
They're coming in from the road, now
Thirsty souls and dusty skirts
brought from the desert
Their breath burning, mirage-mingled
Mouths dry and caked with dust
They're coming in from the road, now
Tormented-bodied, girls brought up on pain
Joy departed from their faces
Hearts old and lined with cracks
No smile appears on the bleak
oceans of their lips
Not a tear springs from the dry
riverbeds of their eyes
O God! Might I not know if their voiceless
cries reach the clouds the vaulted heavens?
The sound of green footsteps is the rain.

By Nadia Anjuman

En estos tiempos cantar es una acto deliberado
de voluntad propia.
Pero aun por instinto se sabe
que el ave que canta es la primera que matan.

Kerrigan

Todo comenzó con tu dedo, aquel dedo rebelde, sedicioso, indómito, subversivo; de una libertad tal que prefería morir a ser subyugado. Lo recuerdo porque por él te emboscaron, como ahora a mí. Después... ya sólo fue un mito.

Ahora que no puedo huir, que estoy atrapada porque me acosaron hasta acorralarme como a un animal, te evoco para que me acompañes, Suraya. Lléname de tu sabiduría y de tu rabia, unge mi voluntad con tu arrojo y dale a mi boca sabor a esperanza. Porque eso fuiste para nosotras: la promesa de un mañana.

Recuerdo la primera vez que te vi, hija de Iqbal. Yo trapeaba los pisos del hospital de mujeres de Kandahar y tú dabas órdenes. Al caérsele las bandejas de los instrumentos quirúrgicos, reprendiste secamente al joven que los cargaba. Él reaccionó, por instinto, con una mirada fulminante y verde, para luego recapacitar y recogerlo todo apresuradamente. Muy a su pesar, era tu subordinado. Me sorprendí. ¡Una mujer con autoridad! Jamás había escuchado de una situación igual. En Nodeh, mi pueblo, las mujeres siguen las órdenes de los hombres y los jóvenes, las de sus mayores.

Comencé a observarte. Soñaba con tomar un papel y leerlo, luego exigir materiales y que me obedecieran. Solo pensaba cuán importante eras. Me esforcé en mi trabajo, siguiendo todas las instrucciones que dictabas, hasta que notaste mi presencia y me llamaste.

—Ven. ¿Cómo te llamas?

—Laila.

—¿Oriunda de Kandahar?

—De Nodeh.

—¿Eres tú quien mantiene esta sala?

—Sí.

—¿Quién te enseñó a colocar los instrumentos?

—Escuché sus instrucciones.

—Pero, ¿sabes leer? No, no te avergüences, que eso no es tu culpa. Solo que me sorprende que puedas diferenciar los instrumentos sin leer las siglas que los identifican. ¿Cómo haces?

—Estudié cómo los colocaba su asistente. Algunos tienen símbolos grandes y otros pequeños, hay unos pocos circulares...

—Me sorprendes, te felicito. Tengo que entrenar a alguien que me asista en la sala y, como veo las cosas, debería ser una mujer. ¿Te interesaría? Pero no bajes la cabeza, mírame a la cara que te estoy ofreciendo esto porque pareces muy lista. Así está mejor. ¿Quieres? Vas a tener que trabajar muy duro, hay mucho que aprender. ¿Comenzamos mañana? Hasta entonces.

¡Ah! Suraya. No sé si tú, que naciste sabiendo, recibiste alguna vez una satisfacción como esa. Conseguir algo tan añorado es vivir la alegría. Esa tarde llegué a casa canturreando, muy por lo bajo, un ghazal que aprendí de mis abuelos:

"La luna ilumina mi rostro inquieto en un charco
Y brillan mis ojos deseosos de ti esta noche..."

A pesar de mi discreción, mi Baba me escuchó.

—¿Qué haces Laila? ¿Cómo se te ocurre venir cantando por el camino? Apresúrate a entrar, espero que no te haya escuchado nadie —me dijo, cerrando la puerta de madera luego de atisbar los alrededores.

—No, Baba. Que tu hija no es tonta.

—Ven, mi inquieta alondra, cuéntale a tu Baba esa alegría que traes.

—Mira, Baba, lo que compré para prepararte Qabili Pala.

—Ahora sí que lo creo, algo grande le ha sucedido a mi avecilla del monte.

—Sí, Baba. Es increíble lo que me ha pasado con la hija del Maliq Iqbal.

—Ah… ya veo, Laila-yo. ¿Qué hizo Suraya hoy?

—¡Pues se fijó en mí! Suraya, la sabia, me llamó lista y me va a enseñar a trabajar con ella. ¿Puedes creerlo? ¿Y Mama? ¡Quiero que se siente con nosotros y me vean prepararles el más rico platillo de arroz que jamás hayan probado!

—Está recogiendo la ropa seca, ya la llamo.

¡Oh, Suraya! ¡Aquel fue uno de los días más felices de mi vida! Yo, la de los ataques, la que nadie quería por esposa; elegida por la hija del jefe de las aldeas del norte, ¡por ser muy lista! Ese día me prometí aprender todo lo que quisieras enseñarme.

Eso es lo que odian estos malditos que me llevan, que quise aprender. Tengo miedo, el pavor me impide respirar. Tantas manos me sofocan, Suraya, me ahogan. Sus burlas me humillan. Trataré, aun en la zozobra, de ser fuerte como me enseñaste y valiente como Nadia; la que no temió a los mulá que la denunciaban por escribir poemas. ¡Ven, Nadia! Insufla tu aliento en mi boca para que declame tus versos libres. Me amarran, ¿para qué? ¿a dónde me llevan? ¡No quiero estar aquí! Cerraré los ojos para visitar tu hogar como tantas veces y sentir la compañía de todas.

Veo la casa que acogió a mujeres hambrientas de saber y de justicia. Entro y en la puerta está el cartel que anuncia clases de tejer alfombras. Me sonrío de nuestra taimada fachada. Adentro, mujeres educan mujeres, pero no con la aguja, sino con la palabra. Allí aprendí a leer, a pensar, a exigir y a denunciar. Ahora busco a tu padre, me saluda el Maliq Iqbal.

—Llegó la miel que dulcifica mis días. Ah, Laila-yo, me refrescas como la brisa fría del amanecer afgano.

Me encanta que me llame Laila-yo. Es tan delicioso sentirse amada. Sus poderosos brazos se deshacen en ternura al abrazarme. Entonces, te observa orgulloso.

—Mírala, Laila-yo, cómo les habla. ¿Quién puede controlar el vuelo magistral de mi halcón? Desde pequeña era voluntariosa y determinada. Apenas salida del cascarón, aprendió a leer sola, ¡a los tres años!

La amplia sala tiene almohadones tendidos por todos lados. En el centro del elaborado tapiz afgano, Nadia nos lee un poema:

...Luego recuerdo que siempre hay esperanza:
Puede que lleve mucho tiempo callada
Pero no se me ha olvidado cómo recitar un poema...
¡Gloria al día que yo rompa la jaula,
Me libere la cabeza del desprecio
Y cante embriagada!

Homaira, con su chispa, nos habla del salón de belleza clandestino que tiene en Kabul. Allí las mujeres desafían el talibán para ir a cortarse el cabello. Esa es su acción insurrecta. Nos relata que gana algún dinero, pero más satisfacción deriva de violentar unas reglas tan absurdas.

Qamargul nos regala la comida exquisita que prepara con sus manos agradecidas. El aroma a cilantro y azafrán, a cardamomo y pimienta negra, invade la casa completa. Hacemos una gran fiesta con las albóndigas, el requesón cocido, las cebollas rellenas, la ensalada bonjan y las croquetas. Ella contempla en la mesa el opíparo despliegue de manjares y se ensombrece su rostro al recordar el hambre que sufrió en las calles, el hambre de ella y la que aun sufren tantas otras repudiadas por sus maridos y reducidas a mendigar por ser estériles.

—¿Qué más podía yo desear que mi seno cargara un hijo y mis pechos se llenaran para amamantarlo?

—No podías hacer nada, Qamargul.

—Pero Suraya, si yo deseo un hijo, por qué Alá me castigó así.

—Hay miles de niños en Afganistán, Qamargul, miles de niños en los orfanatos. No tiene que salir de tus entrañas para ser hijo tuyo. No todas tenemos que parir. No sólo nacimos para eso. ¿Por qué crees que justamente eso es lo que proclaman a diario desde el alminar junto con las oraciones? Para que tú creas que ese es tu único fin, procrear. No les creas.

Así nos educabas, poco a poco. Con tu palabra y tu ejemplo.

¡Ven, Suraya! Irradia tu espíritu guerrero en mí. Ilumíname en esta noche de espanto. En la oscuridad los escucho. Me han sentado en una esquina mientras murmuran entre ellos. Lloro en silencio porque sé de lo que son capaces. ¿Qué planean? ¿De dónde vendrá el primer golpe? Así de asediadas nos sentíamos aquel día.

Nos espiaban hace tiempo. Lo sabíamos, pero te arriesgaste a pesar de las amenazas que nos hicieron a todos los que osáramos votar. Te acecharon hasta que saliste del centro de sufragio con tu dedo entintado. Y se atrevieron contigo. Jamás pensé que llegaran tan lejos. No con la hija de un Malik. Pero eran temerarios. El poder les había llegado a las manos con demasiada facilidad. El terror que habían labrado en nuestra tierra los envalentonó.

Recuerdo nuestros cultivos de frutos, cereales y nueces; antes de que los rusos nos tornaran la tierra árida y la boca seca. Ahora sembramos semillas de opio para envenenar infieles y hojas de odio para el té de la intolerancia con la que se divide nuestro pueblo. Ese rencor los llevó hasta ti. Tomaron tu mano y de un solo golpe cortaron el dedo entintado, el que los acusaba desde mucho tiempo atrás, el que denunciaba el atropello, la inmoralidad, el fanatismo descarnado. Luego, huyeron en la noche. Te dejaron tirada, pero amarraron una tira en la falange que quedó. No te querían desangrada, esa no era su intención. Te querían de ejemplo. Para seguir cultivando el miedo. Pero se equivocaron contigo, Suraya-yo. ¡Qué errados estaban! Al otro día te vi con la mano derecha atada a la cintura. Ya estabas entrenando tu mano izquierda. Confundida por tu comportamiento, te reclamé.

—¿Cómo no los vas a denunciar, Suraya? Son talibanes. No te entiendo. Siempre insistiendo en que defendamos nuestros derechos y ahora, ¿vas a permanecer callada?

—No, no tiene que ver nada con eso, Laila-yo. A mí me escogieron porque soy la hija del Malik Iqbal, para humillarlo y exaltarse ellos. Quieren que yo los acuse, eso es lo que pretenden, pero de mí no van a conseguir nada. Yo era una mujer afgana antes de que muchos de ellos hubieran nacido. Ellos son unos necios que desconocen su historia y se abrazan al Corán sin comprender ni lo que leen. Son unos ignorantes con poder, sólo eso. Sé de dónde vienen, cómo piensan y las herramientas que usan. Pero desconocen mi carácter. Voy a pagarles con la misma moneda —me dijiste.

Ah, Suraya, ¿quién podía contigo? Ni tu padre podía contener tu visión, la visión que los descontroló. Por eso me han raptado.

Me lanzan a la tierra. ¡No! No quiero sentirlos sobre mí. Los pateo. Aun así, varias manos me retienen y rasgan mis vestiduras. Son lobos que me husmean y salivan, anticipando la carnicería. Están descontrolados. Por eso me atacan a mí y a tantas otras. Tú los llevaste a este estado.

Para aquel entonces el temor que inspiraban los talibanes se había tornado en espanto y es que sembraban otro tipo de terror: sus hijos se morían. Al principio fue un rumor que algunos comentaban, pero poco a poco se fortaleció, alimentado por la superstición y la ignorancia que en un principio también explotaron ellos. Luego se diseminó como el fuego de invierno en paja seca. Por todas las aldeas se comentaba lo mismo, ¡los talibanes eran unos malditos! Ellos y toda su progenie estaban condenados al fuego eterno. Ni un solo niño fruto de su violencia, cumplía más de un día de vida. Los hombres les negaban sus hijas amedrentados por algo peor que la intimidación: la gehena. Sin duda eran infieles que Alá castigaba. Tu plan, tan intrincado como los relieves del Minarete de Jam, lo ejecutaste con la misma frialdad con que los talibanes destruyeron los Budas de Bamiyán.

Pero atacar al enemigo provoca una reacción. Eso repetías, Suraya. Su intolerancia se agudizó. Nada podía contrariarlos. Quienes se hacían sentir, sufrían las consecuencias. Primero murió Nadia, como tantas, a manos de su esposo. Luego nuestro Maliq, tu padre, fusilado en una redada 'por error', y entonces tú, Suraya, acusada de fornicación con un hombre casado que ni conocías. Sé que no te asustaba morir, pero sí te indignaba el método: por lapidación. Me consuela pensar que con todos los medicamentos que ingeriste ese día estarías casi inconsciente al llegar al estadio. Sin embargo, sé que hubieras disfrutado observar, a través de tu burka azul celeste, las gradas del estadio casi vacías y al Mulá Mohammad Omar, ridículo y débil sin su gentuza. La gentuza que compone esta manada que me embiste.

Lucho pero se me abalanzan encima. Las piedras hieren mi espalda. No me sirve de nada defenderme. Me sujetan. La violación es repetida, viciosa, ensañada. Toman turnos, uno tras otro, tras otro... ¡No resisto, Suraya! Por primera vez agradezco el anonimato que me confiere la burka, no quiero que vean mi rostro amedrentado y desfigurado por el llanto que me sobrecoge. Entonces, mientras el próximo me ataca, escucho el susurro jadeante del hombre en mi oído: "Eres tan perra como era la Ñoca..." ¡Me conoce! Lo busco con mis ojos. A través de la rejilla reconozco la mirada fulminante, aquel verde... De momento, el terror me invade, pero no por él; veo imágenes confusas, escucho sonidos agudos y graves a la vez. No, otra vez no... Todo se ennegrece, hasta que desaparezco.

Me despierto adolorida. Estoy sola, semidesnuda y tirada en la tierra. Imagino lo que ahuyentó a esos cobardes: una de mis convulsiones. Tú me lo describiste para que yo conociera lo que me pasaba. Deben haber visto mi cuerpo sacudirse con violencia. Cómo se me ponen los ojos en blanco, las manos retorciéndose, la boca echando espuma y mi peligrosa lengua casi ahogándome. Les habré parecido una poseída y no se equivocan, así me siento.

Tengo la certeza de que estás conmigo, Suraya, que tu espíritu me guía. Una sola idea me reanima: cumplir tu profecía. Me levanto; igual que se levanta Mariam, y Salma, y Aziza, y Linna, y todas las que cargamos la semilla maligna en nuestro vientre golpeado. Y en un acto de conciencia colectiva, nuestros hijos correrán la misma suerte de los otros, hasta erradicar la estirpe de los talibanes de la tierra.

REVELACIÓN EN UNA PARADA DE GUAGUAS

Arlene Carballo

A Ana Lydia Vega

Estaba yo en la guagua un miércoles del mes de agosto que es el peor de todos los meses porque no tiene ni un jodío día feriado para combinarlo con un viernes de migraña aguda y poderse coger un fin de semana largo de esos que te pide el cuerpo cuando se ha bregado en oficina de gobierno con una hemorragia de peticionarios del cheque de desempleo producto de la última ola de despidos.

Por culpa de Yuniol que me dejó descarrá me tocó enjorquetarme a las cinco y media de la tarde en la expreso hacia Carolina. Estar entre esa marabunta de aborrecíos no es ningún pellizco de ñoco, insulto de fañoso o patá de cojo, pero como no pude coger pon con la Marilyn que se ganó el Óscar o por lo menos un premio Lo Nuestro con los dolores de menstruación que dramatizó para irse temprano a Marshall's a poner en *lei-auei* la mitad de la quincena pues me tocó sudar entre el montón de estudiantes, dominicanas de la limpieza, muchachitas jartas de parir repartiéndole manoplazos a sus niños y desgraciaos que visitan las oficinas de gobierno para ser mal servidos.

Con todo y lo ensardinaos que estábamos traté de acomodar mi nalgaje hacia la puerta de salida porque el mío será de vieja celulitosa pero igual no me da la gana de que le sirva de consuelo a pasajeros que buscan una erección porque están enzorraos con las infinitas paradas de la ruta 17 que no son tantas como las que ellos quisieran tener.

En eso estaba, huyéndole al chino, cuando se bajó una señora y de inmediato se desató el forcejeo de piernas, los pisotones, el culetazo estratégico y el empujón de hombros para ocupar la vacante. Todos hicimos nuestra movida pero el victorioso fue un hombre mayor que se zumbó de espaldas en esa dirección sin soltarse ni un con permiso. Pudo haber caído por las escaleras, entre los asientos o encima de algún infante, pero acertó a poner el fondillo en el asiento.

Estaba muy satisfecho de su proeza cuando de atrás se escuchó el insulto de un mal perdedor: "Viejo maricón". El tipo se quedó con su cara de me-salí-con-la-mía y cerró los ojos para echar una siestecita. De nuevo, se escuchó al vencido amargado: "Ese pendejo se coló en la parada, so mamao". El don lo ignoró como si tuviera el reguetón enchuflao en los oídos y hasta se dio el gustazo de recostarse y estirar una pierna nada más que por joder mientras nosotros seguíamos ensalchichaos en esa lata con ruedas. El quejón que tenía cara de que se había tenido que empujar seis horas en el Registro Demográfico para que le dijeran que no podían imprimirle un certificado de nacimiento porque no había sistema le tiró a la yugular: "así mismo se me echó pa'trás tu mujer esta mañana, so cabrón".

Como si fuera milagro del año treinta y tres, al sordo se le abrieron los oídos, la modorra se le quitó y de dos empujones cayó frente al incordio que le envidiaba la silla. Mientras se me adelantaba una anciana para coger el asiento del insultado, se escuchó desde atrás:

—¿De la mujer de quién tú estás hablando? —preguntó el don al hombre que mirándolo bien me pareció haberlo visto esa semana pidiendo desempleo.

—De la que se me montó aquí, so hijo de la gran puta.

El viejo le soltó una bofetá y se formó la pelea. El chofer gritó desde alante, se puso nervioso y chocó. Todos terminamos arrollaos en la Campo Rico y, para colmo, detrás de los que hacían fila en la parada de guaguas. En lo que esperábamos como buenos mamalones comenzó una discusión sobre por qué se formó la pelea.

Es quel viejo ese es un afrentao, chacho, el otro día hizo lo mismo, con la peleíta monga se nos cuela a tos, ese maricón se las trae. Es que ya no se respeta aquí a naiden, total, el tipo que tanto se quejó, se le colaron por estarse ligando la nena del frente, yo lo vi, se la comía con los ojos. Es que las muchachas hoy se visten que uno no puede ni creer que salgan por ahí así, esnuas. Pues, si se estaba gozando la chamaquita pa qué se queja tanto, que siguiera con su cerebrito y no jodiera más, ahora estamos tos aquí espetaos por su culpa.

Yo ni comenté porque para qué echarle *esprei* a un afro, ¡*jelou*! La única razón por la que se formó el bembé es porque el viejo se encandiló cuando le mentaron las dos mujeres que tienen que ver con él: la esposa y la mai y esa no falla. Mira que dos le zafaron lo de maricón y a él le importó un carajo y uno pensaría que es tremendo insulto porque en este país todavía linchan a los travestis y el mundo se quería caer porque Ricky Martin tiene novio.

Lo de pendejo y mamao pues se pasa porque son insultos *lait*, que ofenden de acuerdo a la movida del momento. La semana pasada mataron a un huelestaca en Pito's Place porque le espetó un mamón al bichote del punto, pero hace dos años el alcalde pasquinó San Juan completito con insultos de mamao al candidato a gobernador y ahora se retratan juntos a cada rato. Eso es como la *fókin* metrobus, a veces pasa y a veces no.

Ahora, lo de hijo de la gran puta es grandes ligas. El tipo puede ser un desgraciao, hijo de una tecata, uno que le roba a su mai, uno que tuvo que criarse con leche prestá, un hijo de ramera, un mal nacío (y ahí tienes otro insulto que tiene que ver con la mai) o hasta huérfano, y si le escupen un hijo de la gran puta, hay problemas. No importa lo maldita que sea la madre que lo parió o si el tipo es el peor hijo del mundo, frente a los panas, toditos trepan a la mai en un pedestal.

¿Y qué me dicen del cabrón? Tú oyes a los muchachitos por ahí que lo dicen y lo repiten y nadie se ofende. *Eso te quedó bien cabrón* es porque quedó bien hecho. *Estás cabrón, no puedo creer que hayas hecho eso* es que el tipo está pasao. *Estaba yo durmiendo y la cabrona esta me despertó* es lo mismo que la condená esta. *Pero mira este cabrón cómo se fue sin avisarme* es decirle mamao porque el tipo hizo una pendejada. *Mira, cabrón, debiste haberme llamado* es lo mismo que mira, bróder.

Ahora, no hacen más que mencionar la esposa, la pareja, la amiga, la de ocasión, la que jartó a pescozás esa mañana o la mujer con quien tuvo un traqueteo hace dos años y si le añaden un cabrón, hay cocoteo. Por eso fue que el viejo le gritó al otro: *la mujer mía se respeta*. Porque es de él, como si la hubiera inscrito en el Registro de la Propiedad. No es que quiera respeto para ella que de seguro que ni él mismo la respeta, el respeto es para él y sus cosas, mujer incluída. Esa es la que hay.

El tiempo se me fue volando dándole cráneo a esa pendejá y antes que me diera cuenta llegó la guagua. Nos pudimos montar, aunque veinte veces más apretujaos que en la 17 así que estuvo el chino josco y el tipo complacido como en baile de perreo hasta que por fin llegué a la casa.

Entré por la puerta pa encontrar que mi nene, el Yuniol, estaba tirao en el sofá, mirando televisión y con un *sic-pac* vacío en la mesa. Me encojoné bien cabrón, más que el viejo cabrón de la guagua. Me imagino que sería porque después de esperar dos horas en la parada y de estar piensa que te piensa en las pendejas razones por las que se forman peleas me di cuenta que tenía de frente un vagoneto que me había chocao el carro, que ni agua vendía en las luces para ayudar a pagar el arreglo del taller y que de seguro si alguien le gritara que era un hijo de la gran puta formaría tremenda pendejá porque le habían mentado la madre mientras él me estaba pateando la vida toditos los días...

De eso hace seis meses. Aquella noche casi me llevan presa de la pela que le metí a Yuniol, pero le vino bien que le reventara aquel cartón de leche en la cabeza. Ahora trabaja de yanitol en la oficina de un dentista y por el día en un *fajfú*, no sé si Wendy's o McDonal. Me lleva y me trae de la oficina para quedarse con el carro así que ni pago palking. Se me ha arreglao el Yuniol, cogió vergüenza.

Pensándolo bien, debo montarme más a menudo en la 17, esos viajecitos me aclaran el pensamiento.

HUMANIDAD

Arlene Carballo

Moncho la acechó por varios días hasta encontrar el momento oportuno. La vio recostada de su automóvil mientras aquel hombre, al despedirse, la besaba.

Cuando estuvo sola, se le acercó calladamente por la espalda. La sujetó por el cuello y la apuñaló hasta sentirla deslizarse al pasto.

Sintió un gran alivio.

Se disponía a lanzar el vehículo por el sumidero cuando, al abrir la puerta, escuchó el gemido de un infante.

Sacó al bebé del asiento protector y lo arrulló hasta tranquilizarlo. Limpió uno de los senos de la muerta y colocó al hijo del otro sobre el pecho de su madre.

Luego de besar a su mujer, se fue en paz.

LAS CADENAS DE LA LIBERTAD

Arlene Carballo

...Y en la cueva de Utuado que había
sido refugio de esclavos cimarrones
encontré una caja de metal enmohecida
que contenía quince libras de cadenas y
un grillete con la inscripción:
Juana Agripina
una mujer libre

Juanita A. Nuiry
Recuerdos de una nieta que nunca existió

—Venga, Figueres, léale el documento a la negra para que confirme que está completo —le dijo el corregidor al secretario.

—No, yo puedo leerlo —interrumpió Juana Agripina y, de inmediato, se apocopó para contrarrestar su atrevimiento, bajó la vista y añadió en tono más suave—, si lo permite su mercé.

Figueres le entregó la hoja que contenía la petición de libertad de la esclava, escudriñándola con sospecha. Juana siguió los trazos rebuscados de la caligrafía del corregidor mientras leía con lentitud el manuscrito que, en unas breves oraciones, resumía sus veintiocho años de vida.

—¿Está correcta la declaración? —preguntó el secretario. Ella asintió con la cabeza.

—Pues bien. Entonces ya te puedes retirar.

Agripina temerosa, preguntó por qué no la enviaban al depósito, como era la costumbre en los casos de reclamos de los esclavos, en vez de regresarla a su amo.

—El depósito está atestado de negros en diversos procesos; además, no estaría bien —le contestó el corregidor mirando de reojo, una vez más, la espléndida figura de la mujer—. No hay problema en regresar a la hacienda, conozco bien a don Pablo Nuiry, es un hombre justo y, además, una negra como tú sólo alteraría a los hombres que allí se encuentran.

Juana Agripina levantó un poco la cabeza, lo suficiente para que don Francisco De Olazama reconociera la súplica en aquellos ojos negros delineados como hojas de café.

—Perdone su mercé, es que... —Juana Agripina no terminó la oración. Bajó la vista para ocultar el rocío angustioso que destellaba de sus ojos. De Olazama se compadeció de ella.

—Bueno, Juana, esto es lo que vamos a hacer. No te vamos a enviar al depósito porque no sería prudente, pero aquí Figueres le entregará personalmente a don Pablo una carta de mi parte.

Resignada, Agripina aceptó la decisión e hizo el largo viaje de retorno a la hacienda en la calesa de su amo. Muy de cerca la seguía Figueres a caballo. Al llegar, la negra se bajó del carruaje y esperó la protección del secretario antes de entrar a la casa. No obstante, Figueres le entregó su caballo a un esclavo y mandó a Juana a retornar a sus deberes. Ella pensó argumentarle, recabar su amparo en lo que don Pablo aceptaba lo que se le solicitaba en la carta, pero el tono frío y autoritario de su orden fue suficiente para comprender que su pensar era distinto al del corregidor.

—Tú, anda y ve por tu amo —le ordenó al esclavo que manejaba su caballo.

Figueres le entregó la carta a don Pablo Nuiry. Éste la tomó en sus recias manos de hacendado que ha forjado lo que tiene con su esfuerzo y la desdobló.

Remito a V. Su criada Juana Agripina, para que Sirviéndose de ella la tenga a disposición de este Correjimiento esperando de que V. no le dará castigo alguno porque no hai motivo para ello con pedir su libertad al creerse que la Ley la favorece. Devolviéndome esta dilijenciada ha Constar.

Ponce Oct 10/1855
De Olazama

A medida que avanzaba su lectura, el ceño de don Pablo se encogía. El cierre de la misiva, pidiéndole que la firmara, lo hizo ojear de mala gana hacia la casa. En tono molesto, llamó a su mayordomo y le entregó la carta con una orden seca.

—Fírmala y se la devuelves al mensajero —dijo, con desdén hacia Figueres.

El sirviente sostenía el documento con un gesto desconcertado. Sus ojos se mantenían fijos en la frase pedir su libertad. Nunca hubiese imaginado que Juana se atreviera a iniciar ese proceso.

Al verlo demorarse tanto en firmar, Figueres, le arrebató la carta, le tomó la mano y le ordenó firmarla. Estaba indignado, más que nada, por el trato de don Pablo. Tras de que no simpatizaba con la causa abolicionista, había tenido que tolerar el desprecio del hacendado.

—Negro, ve a la casa, que me preparen algo para refrescarme que el retorno es de varias leguas de camino — ordenó, mientras se subía a su caballo.

Un solo pensamiento apaciguaba su encono: por la furia contenida que había percibido en don Pablo era evidente que alguna acción tomaría. "A la Juana no le irá bien".

Dentro de la casona, Agripina temblaba acuclillada en una esquina de la cocina mientras don Pablo Nuiry vociferaba iracundo en la sala.

—¡Pero qué osadía la de esa esclava! Mientras le permitíamos vivir junto a nosotros, lo que sentía era aversión por sus señores. Traidora. Ahora tiene pretensiones de libertad. Estos esclavos están revueltos y los abolicionistas, tan necios, solo les meten ideas absurdas en la cabeza. Deshonran la patria, hombre. ¡Su cuna los lleve a los infiernos! ¡Malditos sean todos los negros sediciosos! Son unos bárbaros enemigos de sus amos y de la ley. ¡Y qué atreverse esa negra a que mi nombre saliera de su boca en la intendencia! Insurrecta. Jamás permitiré que se conceda esa petición. ¿Conque quiere quejarse? Le voy a enseñar. Ella no sabe lo que es trabajo, pero va a aprender.

Envió por Blasini, el mayoral que trabajaba unas tierras aledañas a su finca. Agarró a Juana Agripina por un brazo y se la entregó.

—Toma Blasini, aquí tienes esta pieza. Está fuerte y saludable —al decir esto, le hurgó la boca a Juana para que el mayoral pudiera inspeccionarle los dientes—. Esta negra es recia, te va a rendir bien en la tala. Te la voy a arrendar y el jornal que le toca no se lo entregues a ella, envíamelo a mí — se retiró sin mirarla.

Blasini la rodeó, inspeccionándola. Tenía un cuerpo bien formado: senos grandes y firmes, caderas anchas, cintura estrecha. Sus facciones eran muy llamativas. "¿Será mestiza? Ésta aguanta que se le hagan un par de hijos".

—¡Ay, Juana! Parece que has ofendido al patrón. Eso de estar inventando cosas te puede traer problemas. Todos saben que los negros son brujos y embusteros. De seguro que ni eres bautizada, por eso te portas así. Si la casona grande le era incómoda a su majestá, no sé qué pensará del establo, pero esos serán sus aposentos. Ahí tengo caballos, vacas y bueyes, a esos se podrá igualar con facilidad —dijo Blasini, silabeando las últimas palabras.

Allí durmió. En vez de disuadirla, las palabras del mayoral la envalentonaron. "Yo soy libre". Al amanecer, su desayuno no fue el café con melao y tortas de casabe de la casa grande. Recibió un guarapo caliente de caña sazonado con jengibre y la enviaron a la tala, de allí al trapiche, a darle vuelta a la noria, y luego a llenar los bocoyes con las mieles del azúcar. A media tarde, recibió un plato de viandas y un pedazo de soruyo. Lo tragoneó desesperada y seguía hambrienta. Retornó al trapiche hasta que oscureció. Al cierre de la jornada se sentía extenuada. Jamás había trabajado el campo porque ella no era una esclava de tala, ella era una doméstica que sabía leer y escribir.

No obstante, se alegró de dormir en el establo. Le hubiese enfurecido que la vieran llorar y eso era lo que necesitaba, llorar hasta vaciar su cuerpo de la rabia acumulada durante ese día y durante su vida entera. Porque justo en ese momento reconocía lo que era ser esclava: ser traficada de un dueño a otro, trabajar a toda hora cocinando y limpiando en la hacienda, ser mujer del dueño cuando se le antojara, parir hijos que serían vendidos y amamantar los ajenos, atender los niños del amo y velar sus noches si enfermaban.

A pesar de todo esto, el amo la llamaba traidora, a ella, una negra libre que había servido de esclava por catorce años. Lo cierto era que la traición había sido a sí misma, porque recién descubría que era suya, que se pertenecía a ella y a nadie más.

Al día siguiente, mientras engullía el soruyo de almuerzo, un incidente desgraciado le sirvió de brújula. Estaba ñangotada junto a la caballeriza cuando vio a varios hombres arrastrar a una mujer encinta. Mientras uno cavaba un hueco pequeño para que no se perjudicara la pieza por nacer, los otros sujetaban a la mujer llorosa. Se preparaban para administrar un boca abajo a la esclava. La acostaron acomodando el vientre redondo en el hoyo. Cuatro esclavos halarían de sus extremidades para que el mayoral la flagelara. Blasini caminaba hacia la escena cuando observó el rostro de repulsión de Agripina. De inmediato, le ordenó que sujetara uno de los brazos de la embarazada. Ella se negó, horrorizada de lo que le ocurría a esa mujer cuya falta había sido robar un poco de bacalao crudo para satisfacer su hambre. Indignado por su desobediencia, la abofeteó con dureza y luego, mirándola con intensidad, latigueó a la otra. Agripina permaneció inmutable aunque su alma y su ser entero hervían. Le sostuvo la vista al mayoral con tal rencor que lo inquietó.

Cuando terminó el castigo de la ladrona, Blasini increpó a Juana Agripina.

—¡Váyase al establo, como una mula! Aquí no hay negros rebeldes. O me obedeces o vas a probar el foete.

Mientras la seguía, el látigo hacía chasquidos contra el suelo. Cuando ya se hallaba casi al fondo de la cuadra la empujó. Juana cayó al suelo y giró enseguida, temiendo que la pateara. Intentó erguirse pero él le pisó la saya a la altura de la cadera. Recostada sobre la tierra, sintió el odio en el rostro amenazante de Blasini. Con el cabo del látigo, lo vio ensartar un grillete que colgaba junto a los aperos de metal. El mayoral puso una rodilla en el piso y con brusquedad le colocó los arcos de hierro en el cuello y otra cadena a la cintura; luego la amarró a un madero. La proximidad de ese hombre la alteraron más que los golpes disonantes del metal al manipularlos o la rudeza del fierro contra su piel.

Por la noche le llevaron la comida de la casa en un plato sin cubiertos. Tuvo que doblarse como un perro para poder comer. El sábado la trataron igual, manteniéndola encadenada como otro animal del establo.

Aquella mañana, Juana Agripina despierta decidida y mira a su alrededor. Entre los aperos encuentra el instrumento filoso que necesita. En un rato está libre de la viga pero no de las cadenas. Busca con qué alimentarse para resistir el largo recorrido. Toma mucho agua, descansa y espera hasta el mediodía de ese domingo.

Cuando más castigador se halla el sol, sale huyendo. Sabe que los amos descansarán hasta muy entrada la tarde. Esas horas de calor sofocante conspiran con ella para encubrir su fuga. Precavida, esconde las cadenas debajo de su saya y se enrolla un pañuelo alrededor del cuello para ocultar el grillete. Las vibraciones de su corazón agitado resuenan en sus oídos con la cadencia que marcan las cadenas a su paso.

Con rapidez, se adentra en el cañaveral. Ese mar de azúcar — hiel para los esclavos — transpira serenidad. En el séptimo día nadie trabaja. Con la altura que ya alcanza la flor de la guajana, el sembradío se torna en un laberinto. Decide orientarse con los árboles de guayacán que dominan con majestuosidad la orilla del sembradío de caña de azúcar. Admira la soberanía de las montañas de la cordillera central. "Son, sin que medie fuerza natural que las altere. Seré, no, ya soy, y nadie podrá impedirlo".

Recuerda que la vendienron a don Celedonio y cómo éste, que la quería para corteja, la liberó para poder convivir con ella. Aquellos seis meses como mujer libre fueron reales, ella no los imaginó. Transcurrieron casi quince años antes de comprender lo que aquel tiempo de libertad significaba, pero no era su culpa. ¿Qué podía saber ella con solo catorce años?

La mujer siente el peso de las gruesas cadenas, es una carga mayor que la de subir el monte con el niño de don Pablo a cuestas. Resiente el castigo del mayoral. A otra la hubiese azotado, sin duda, pero Blasini no se arriesgó porque Juana solo está allí de alquiler.

Termina de cruzar el cañaveral. Del otro lado queda la hacienda de don Luis Cherot y luego campo abierto hasta llegar a Guayanilla. Acelera el paso. Es peligroso caminar por allí y que sospechen que ha escapado. A la orilla del camino un muleque juega solo.

—Oiga, mi niño, ¿y el camino pa Ponce? —el mulequito señala—. No quiero el camino real —le advierte. Sin mirarla, asiente, confirmando su respuesta.

Agripina saca de entre sus pechos unos pedazos de caña de azúcar. Los pela con los dientes. Le obsequia uno al chiquillo y chupa otro mientras camina de prisa hacia la Hacienda Carlota. El señor del ingenio es amigo de su amo. Ella ha visitado esa residencia junto a la familia de don Pablo Nuiry varias veces y conoce a los sirvientes de la finca. Alguien la podrá ayudar.

Sigilosa, se acerca por el área este de la casa. Al llegar arriba, se queda sin aire, el estómago se le enrosca. A veinte pasos de ella, el mayoral reposa en una hamaca. Sin parpadear siquiera, retrocede sobre sus pasos. Da un giro y se interna en el cañaveral. Quiere correr, pero el cansancio y la carga pesada del yugo de cautiva la abaten.

Va rabiando por el dificultoso trecho mientras el sudor se le mezcla con las lágrimas y encona los rasguños que la hoja de caña le inflige en el rostro. El sol, aguijoneándola, le siembra hormigas en la cabeza. Su desesperación se intensifica por el collar que le apresa el cuello y la humilla aún más que las afrentas recién sufridas.

Llega al río Macaná. Escondida entre la maleza y los bambúes, mete las manos en el agua para saciar su sed y refrescarse. Recoge un mangó del piso y lo devora con desesperación, luego otro y otro más. Toma agua de nuevo. La boca le pide algo salado. "Bacalao". Piensa en el pescado robado de la esclava preñada. Lo desea como lo deseó aquella: porque tiene hambre y porque salió del mar donde no era de nadie.

Sus pies le sangran por el esfuerzo de caminar sobre un terreno tan accidentado. La piel de su cuello está en carne viva por el roce constante del hierro, la cintura igual. Pero ese dolor es más tolerable que la angustia que lleva en su espíritu. Por eso camina.

Hace los cálculos. Por la posición del sol estima que comenzó el trayecto unas cuatro horas atrás, de seguro ya está a medio camino del ayuntamiento de Ponce. Solo desea presentarse ante el corregidor para que ordene la remoción de las cadenas. Quiere mostrarle lo que han hecho el amo y el mayoral con sus órdenes e indagar sobre el progreso de su diligencia. Todavía no entiende por qué De Olazama no la envió al depósito para protegerla. Ese era el sistema: luego de radicar su petición deberían haberla enviado al depósito, no retornarla al amo.

Ruega a Obatalá para que la respalde en esa tortuosa peregrinación. Cruza la guardarraya del río, atravesando el pasto para esconderse. Apenas si puede ñangotarse por el dolor de las piernas. El trayecto de Yauco a Ponce es de siete leguas. Un trecho largo y escabroso en las mejores circunstancias. Recorrerlo a pie y con quince libras de cadenas debería ser imposible. Pero a Juana Agripina la anima algo indescifrable que se originó semanas atrás en el interior de su ser y que ahora se apodera de ella por completo.

Ya baja el sol cuando arriba a Tallaboa. Siente escalofríos cuando su piel confronta el sereno de la noche con la ropa mojada por el sudor. Se detiene a reposar. Le sorprende ver un guabairo volando cerca de ella cuando todavía la noche no domina el paisaje. Se queda embelesada contemplando el vuelo suave de la avecilla. Todo es subir y bajar a su antojo. La musicalidad de su movimiento ancho y libre la infunde de esperanza. Cruza el barrio Canas imbuida de una claridad de propósito inquebrantable. Ella no es la misma.

En una hora llegará al pueblo de Ponce acompañada de la noche. Entonces, sólo entonces, tomará el camino real y develará sus cadenas. Los ojos de los vecinos la observarán con inquietud; algunos, los que la reconozcan, se admirarán de verla. El cuerpo de Agripina se erguirá a pesar del inmenso cansancio. Avanzará con la cabeza levantada, encarnando a una princesa senegalesa. Juana escuchará a lo lejos los ritmos de bomba, alentándola. El grillete salpicado de sangre se tornará en un collar de cuentas africanas. Sus pies estropeados se le antojarán livianos, como al danzar el candombe. Los niños, de intrusos, darán inicio a la caravana que se aglomerará a su paso.

Por el terreno de piedra se despojará del miedo al amo. Al cruzar el puente, dejará el llanto por sus hijos arrebatados y vendidos. Al rodear el teatro, acariciará a la madre que tanto soñó y que jamás llegó a conocer. Al entrar a la plaza, se desprenderá de todo recuerdo de Juana Agripina, la esclava.

Frente a la intendencia se detendrá. Los murmullos de la masa irán disminuyendo hasta convertirse en el silencio de la expectativa. Juana Agripina observará el edificio por unos segundos. Comprenderá que ya no hay necesidad de entrar.

Al tornar hacia la plaza, descubrirá varios rostros negros con expresiones de curiosidad y asombro. Se estará abriendo paso entre la gente cuando la voz de un jovenzuelo cristalizará la duda de todos:

—Ma, ¿y esas cadenas?

Juana Agripina, magnífica, desde lo alto, girará su regia cabeza para mirarlo extrañada y preguntar:

—¿Qué cadenas?

ANTOJOS

Arlene Carballo

A pesar de su incipiente embarazo, una caníbal se lanzó a navegar en su canoa en busca de carne nueva cuando una gran tormenta la hizo zozobrar. Milagrosamente, la marea la depositó en una isla desierta.

Tuvo que alimentarse de animales marinos y frutas, algo que hacía con asco, pero cada dos semanas se extasiaba comiéndose los pellejitos de los dedos.

Una noche se hallaba particularmente hambrienta, pero nada de aquel lugar le apetecía. Decidió darse un banquete de su carne predilecta.

Solo quedaron los dientes.

EL DULCE OLOR DE LAS ALMENDRAS

Arlene Carballo

Muere el Presidente del Senado

Una alergia a las almendras le causa choque anafiláctico

POR MARGARITA MENÉNDEZ BIAZCOCHEA

mmbiazcochea@lasemana.com

El senador Adolfo Faz Somoza murió la noche de ayer, jueves, de un choque anafiláctico a la edad de 53 años mientras compartía con amigos y correligionarios en la fiesta de cumpleaños de su esposa Vindi, en el lujoso salón imperial del hotel Ritz Carlton. El senador Benito Franco notificó a la prensa del deceso de su compadre.

El senador Faz Somoza, de estilo agresivo y verbo mordaz, escaló posiciones vertiginosamente en el Partido Puro Anexionista (PPA) luego de su matrimonio a la licenciada Vindicta Vendaval hasta hacerse de la presidencia del Senado en sólo cinco años de activismo político. Su alergia a las almendras era conocida y el legislador era escrupuloso con su dieta debido a su peligrosidad. El portavoz del Cuerpo de emergencias médicas declaró que sus técnicos no pudieron llegar a tiempo a socorrer al senador porque sufren de escasez de personal a raíz de los recortes económicos que la propia legislatura, en una medida de la autoría del difunto presidente, aprobó.

La viuda, Vindicta "Vindi" Vendaval, solicitó privacidad y designó al senador Benito Franco como su portavoz.

El gobernador de Puerto Rico y presidente del Partido Puro Anexionista conversaba con su esposa en la mansión ejecutiva.

—Mario, hay que hacer la esquela de Adolfo.

—¿Crees que me aceptarían una que incluyera algo como: *El bocón, maleducado y charlatán presidente del Senado ha fallecido? ¡Enhorabuena!* Debo prenderle una vela a San Martín de Porres por sacarme ese lastre de encima.

PPA
SENADOR ADOLFO FAZ SOMOZA
5 de mayo de 1960 - 31 de octubre de 2013

El Partido Puro Anexionista anuncia con tristeza el fallecimiento del vicepresidente de su colectividad. Con gran pesar, nuestro presidente, Mario "Puño" Oblongo, la primera dama, Raquelita Batista, sus hijos y todos los miembros de nuestra colectividad, nos unimos a tan sensible pérdida.
Será difícil llenar tu lugar.
Una guardia de honor velará sus restos en la rotonda del Capitolio durante el domingo, tres de noviembre de 2013.

El secretario del senado cerró las oficinas de la presidencia del Senado con candado luego que encontró varios senadores husmeando entre los papeles del difunto senador Adolfo Faz Somoza. Ordenó la redacción de la esquela siguiendo un modelo básico e impersonal pues todos los senadores exigían que su nombre figurara en la primera línea.

En su residencia, el senador Benito Franco conversa con su esposa.

—Yo no puedo creer tu mala suerte, Benito. Después que cultivaste tan buena relación con Adolfo. Ahora hay que empezar de cero otra vez y ¡con tanto callo que tú has pisado!

—Lo que más me molesta es que todas las promesas que me hizo se han quedado en el aire, ¡coño! Y hasta el nene se quedó sin padrino.

—¡El que se ha quedado sin padrino eres tú! ¿Y ahora cómo vamos a conseguir la alcaldía de San Juan?

—La alcaldía se fue pal carajo con los chavos de la aseguradora y el terreno que me iba a tocar del desarrollo de Loíza. Te lo digo, Yayi, la cosa se ha puesto fea.

—Mira, Beni, no te pongas pesimista ahora. Ya no seré la primera dama de la capital, pero se me ocurre que la presidencia está vacante y ¿quién mejor que la mano derecha de Adolfo para dirigir el senado? Tienes que empezar a llamar a los otros senadores para que vayas amarrando votos. Sabrá Dios si, después de todo, esto era lo que nos convenía. Quizás no se te hubiera dado lo de San Juan porque tú sabes que Adolfo era bien embustero...

Querido amigo, colega y compadre
SENADOR ADOLFO FAZ SOMOZA
1960-2013
¡Qué tristeza nos causa tu inesperada muerte!
Fuiste mi amigo, mentor y modelo.
Dejaste un vacío que será difícil de llenar.
Nuestro más sincero pésame a Vindi y demás familiares.

Senador Benito Franco, Yayi y tu ahijado, Adolfito

—Mira, Digna, ya que los hizo pasar tanta vergüenza, aprovecha y di lo que tú piensas. Por lo menos te lo sacas de adentro.

Adolfo Faz Somoza
Abogado, Senador y Presidente del Senado
1960-2013

Yo, Dignidad Faz Somoza, hermana, y Emmanuel Aguayo Faz, sobrino, deseamos notificar a familiares, compañeros, amigos y conocidos de Adolfo Faz Somoza que su vida se acabó. Su final fue inesperado y creó gran incertidumbre entre nosotros. Adolfo creció en un hogar donde se le inculcó el respeto a los demás y la tolerancia a credos e ideas distintas. Son muchas las conversaciones que quedaron inconclusas entre él y sus familiares. El poder es una gran responsabilidad y la manera en que se utiliza marca muchas vidas y tiene consecuencias que permanecen en la conciencia hasta la muerte y aún más allá. El cadáver de Adolfo Faz Somoza estará expuesto en Capilla Ardiente en la Funeraria González el 3 de noviembre de 2013. Se celebrará una misa a las 8pm. No envíen flores, será cremado.

En la sede del PPA, la secretaria Jackeline Ortiz Lagastra recibe el consuelo de una jefa de barrio del distrito senatorial cuatro.

—Jackeline, estate tranquila que lo tuyo está seguro. En el partido saben que ese nene es de Faz. Olvídate de que la Vindi no te quiera ver en el velorio. Después que nazca Adolfito Jr., le pides su parte de la herencia y ya estás hecha. Con la cantidad de diezmos que recogió, te vas a dar la gran vida. Lo mejor que hiciste fue conectar a ese tipo.

Adolfo Faz Somoza

5 de mayo de 1960 - 31 de octubre de 2013

Tuvimos un amor fugaz, pero fructífero. ¡Nuestro hijo Adolfito está por nacer! En honor a las promesas que nos hicimos, seguiré luchando.
El recuerdo de tu voz me acompañará en la soledad.
Confía que nuestro hijo llevará tu nombre en alto.

Siempre te amaremos.

Tu mujer

Jackeline

La viuda conversa con uno de los asesores de su marido.

—Así es que quiero la esquela, ni una palabra más. Si tienes algún problema con eso, me puedo buscar a otro que sepa seguir instrucciones —respondió la licenciada Vendaval.

—No, está bien, no se ponga así, yo me encargo…

Adolfo Faz Somoza
1960-2013

Mi esposo ha muerto.
Vindicta Vendaval Viuda de Faz

Invito a sus familiares, compañeros y amigos
a una misa en nuestro hogar oficiada por el
Arzobispo de San Juan el 2 de noviembre
a las ocho de la noche.

Conversación entre el presidente y el tesorero del Club de Carros Antiguos.

—¿Y no te pagó el último carro? ¡Qué sucio! Los políticos son unos abusadores.

—Tras que le compramos tanta taquilla, y que tener que pagarle la esquela a ese vela güira.

El Club de Carros Antiguos se une a la pena de los familiares y amigos del
SENADOR ADOLFO FAZ SOMOZA
Por la irreparable pérdida de un valioso miembro de nuestra organización.
En pocos años te convertiste en un ávido y ducho coleccionista
que trajo consigo gran prestigio a nuestro club.
Rogamos por su descanso eterno.

El pánico se apodera de dos socios del senador Adolfo Faz Somoza en el Establo Faz Vendaval.

—¿Y qué vamos a hacer con el establo? Porque lo pusimos a nombre de él para que nos hiciera los arreglos y quitarnos a Hacienda de encima.

—Vamos a pegarle fuego.

—No, no podemos quemarlo para el seguro, acuérdate que está a nombre de él, le darían los chavos a la Vindi. Pero se me ocurre algo, ¿cuántos años estuvo casada con él, fueron poquitos, verdad?

—Diantre, déjame pensar. Menos de diez, oficial.

—Ah, entonces no sé. Es que estaba pensando, ¿tú crees que la desgraciá esa sepa cuáles son las yeguas de él? Porque si las vendemos les podemos sacar par de pesos.

FEDERACIÓN DE CABALLOS DE PASO FINO

Expresamos nuestro más sincero pésame a la excelsa dama Vindicta "Vindi" Vendaval por la súbita muerte de su esposo

SENADOR ADOLFO FAZ SOMOZA

El honorable senador Faz Somoza se interesó por el deporte de paso fino y adquirió en pocos años un conocimiento profundo que lo distinguió. Su caballo, Arremete, se convirtió en Campeón de Campeones y sus yeguas, Asertiva, Vendaval e Indomable, premiadas en varios certámenes, le brindaron mucho orgullo y satisfacción.

Lo extrañaremos mucho en el Establo Faz Vendaval.
Que Dios lo tenga en su gloria.

Los miembros de cooperativas, organizaciones de base comunitaria y ciudadanos en su carácter individual sintieron la necesidad de expresarse.

Las Comunidades Especiales de Playita, Jurutungo, Amelia y Camacho anuncian el deceso de quien fuera un enemigo acérrimo de nuestro progreso.

SENADOR ADOLFO FAZ SOMOZA
1960-2013

Invitamos a todos los ciudadanos a reorganizarse en la magna asamblea **DEFIENDE TU TIERRA** a celebrarse el domingo 15 de diciembre de 2013 en el Parque del Nuevo Milenio.

Senador Adolfo Faz Somoza

El Presidente del Senado ha fenecido.
Los ciudadanos que trabajamos por una sociedad justa, libre y equitativa vemos en esto una gran oportunidad para liberarnos de la mediocridad, la fanfarronería, los malos ejemplos y la bravuconería de un ciudadano que perjudicó nuestro país con su proceder petulante, su ambición desmedida y su vanidad sin límites.

Familia Irizarry Meléndez, Familia Rodríguez Figueroa, Familia Del Boca Lugo

Sola y sin lágrimas, Vindi partió hacia el velorio en el carro antiguo de su esposo, un Bentley. Por el espejo retrovisor, el chofer del senador Adolfo Faz Somoza, observó su rostro impasible. Por momentos, el semblante de maniquí adquiría expresión humana y se le veía mascar algo parecido a unos bombones.

En el trayecto, Vindi atendió varias llamadas telefónicas con eficiencia.

—Sí, ¿cuento con tu voto? Eso esperaba, gracias —los sonidos del teléfono móvil se escuchaban mientras Vindi marcaba los números —. Hola, Carlos. ¿Cuántos tenemos en total? ¿Dieciocho? Vamos bien.

En la Funeraria González un grupo comentaba sobre la posibilidad de que la licenciada Vendaval sustituyera a su esposo en el senado.

—Me dijeron que no piensa comenzar desde abajo, quiere entrar directo a la presidencia.

—Eso mismo oí yo.

—Mi vecina dice que Benito trató de maquinar para que lo escogieran a él pero para cuando empezó a llamar legisladores ya la Vindi los tenía de su lado.

—Ya sabes, los debe haber comprado con presidencias de comisiones, chavos y oficinas.

—Bueno, pero qué tú esperabas, si fue ella quien le enseñó a Faz Somoza cómo utilizar las influencias. Ella era la de las conexiones.

—Y que fue asesora como de cuchumil legisladores, esa se sabe todos los trucos.

—Y conoce los trapitos de cada uno...

—Por eso siempre me estuvo raro que fuera él y no ella quien trepara tan rápido en el partido.

—Sí, mija, otra zángana que se faja para que después le den la puñalada.

—Puñalada y media porque cuando ella estaba postulándose para presidenta del partido dicen que fue él quien le saboteó la candidatura. Después de perder la primaria se quedó con un par de contratos de alcaldes y más nada. Dejó de ser la cara del partido.

—Yo creía que el problema entre ellos era por la tipa esa que se enredó con él.

—Y él con ella, que a ese nadie le ponía un pie al frente.

—¿Viste la esquela que publicó? Escribió que ella era *su mujer*.

—Sí, hay que ser bien fuerza de cara. Algo hará la Vindi para desquitarse, porque esa no se queda da... Mírala, ya llegó.

Vindicta Vendaval entró a la sala con la cabeza erguida; digna y respetada. Recibió las condolencias de tantos con un dejo de nobleza, como si estuviese descendiendo de lo alto para escucharlos. Algunos percibieron en su aliento el dulce olor de las almendras.

LA HERENCIA*

*Mención de honor
Certamen de microcuento
Blog Desde las palabras 2010

Luego de permanecer ocho días sepultada, un equipo de expertos rescató a la anciana del edificio derrumbado a causa del terremoto en Haití. Un grupo voluntario de médicos especialistas que socorrían a las víctimas operó su cadera fracturada y le insertaron ocho tornillos de titanio. La paciente convaleció en la unidad quirúrgica del submarino estadounidense SS Madison por tres semanas. Ya restablecida, pudo volver a las calles de Puerto Príncipe a mendigar.

A los tres meses, murió de hambre. Sus nietas vendieron los tornillos de titanio para comprar pan.

Arlene Carballo

Agradecimientos

Este libro nace del respaldo de muchas personas: las que me preguntaban cuándo publicaría mi primer libro con lo que me animaban a iniciar el proceso, las que me obsequiaron sus consejos y las que me dedicaron horas de su tiempo.

Debo reconocer a
Tere Dávila, Irma Rivera Colón y Awilda Cáez.
Sus comentarios me ayudaron a depurar el texto,
afilaron algunos cuentos y le añadieron agilidad a otros.
Igualmente a Emilio del Carril y Sharra Fermín.

A Gustavo Fadhel
por darme apoyo de tantas formas que no se pueden
enumerar, participar de las decisiones difíciles y
regalarme el más codiciado
de todos los bienes:
el tiempo.

Arlene Carballo